读诗去

高宇 著

陕西新华出版
陕西人民教育出版社
·西安·

图书在版编目（CIP）数据

读诗去／高宇著. -- 西安：陕西人民教育出版社，2023.5

ISBN 978-7-5450-9325-4

Ⅰ.①读… Ⅱ.①高… Ⅲ.①唐诗－诗歌欣赏 Ⅳ.①I207.227.42

中国国家版本馆 CIP 数据核字（2023）第 061565 号

读诗去

DU SHI QU

高宇 著

出　　版　陕西人民教育出版社
发　　行　陕西人民教育出版社
地　　址　西安市丈八五路 58 号
经　　销　各地新华书店
责任编辑　郑丹阳　张鑫鑫
封面设计　胡珊蓉
插　　画　与　严
印　　刷　陕西金和印务有限公司
开　　本　889 mm×1194 mm　1/32
印　　张　8.25
字　　数　160 千字
版　　次　2023 年 5 月第 1 版
印　　次　2023 年 5 月第 1 次印刷
书　　号　ISBN 978-7-5450-9325-4
定　　价　49.00 元

序

十多年前，我去一个乡村做公益活动，村子十分偏远，进村的路泥泞不堪，且需要步行绕过小河，在水流较缓处进村。学校里只有三间教室，教室的旁边开满了野花，孩子们红彤彤的脸上洋溢着笑容。教室的青砖上，写着各种歪歪扭扭的粉笔字。在教室的一角，有几本课外书，其中有本很破旧的《唐诗三百首》。我随手翻开，刚好是杜秋娘的《金缕衣》："劝君莫惜金缕衣，劝君惜取少年时。花开堪折直须折，莫待无花空折枝。"我指着外面的花儿，从珍惜时光的角度给学生分享了这首诗。

一年后，我收到一封信，是那个乡村的学生寄来的，除了对我们的公益活动表示感谢外，信的结尾，写了一句话：“高老师，学校的花儿又开了，今年您还来上课吗？”看完我顷刻间泪眼蒙眬。幼年时，我也曾是留守儿童，在那些日子里，孤独带给我很多痛苦，而生活馈赠我阅读，我把省下的生活费用于借书、买书。周末时，我常常步行数公里，去我们县城的新华书店看书，一看就是一整天。对我和那些村里的孩子来说，阅读不是目的，好好阅读才是；生活也不是目的，好好生活才是。

孤独是每一位诗人、每一位文字爱好者的归宿，而恰恰是这些孤独，让我们变得出众，在光芒万丈之前，我们都一样，都要欣然接受眼下的难堪和不易。从古至今，有很多学者汇编唐诗，让原本独立的诗人得以聚合，曾经曲折的文字得以伸展，孤独的不再孤独，卑微的不再卑微。每一句唐诗绽放的声音，从来没有如此韵味深长。

我们从小就学唐诗，一学期总有几首经典古诗要求我们背诵，这是根植于我们基因里的诗句。当然，唐诗要结合当时的时代、诗人的创作背景来看，比如“四海无闲田，农夫犹饿死”两句，如果不了解“均田制”和“两税法”，不知道藩镇割据，是很难深入理解这两句诗的。

当然，诗歌难免有艺术加工的成分，有时我们只需体会它的浪漫与意境即可，如“会须一饮三百杯”“一舞剑器动四方”“从此君王不早朝”等句子，建议青少年不要效仿。

写这本书时，我对自己说：“如果你不能简单说清楚一首诗就是没完全明白，需要再学习。”其实每个人都可以从不同的角度去吟诵、解读唐诗，我们在不同的场景、不同的人生际遇也会领会不一样的唐诗意境。唐诗数量众多，顶级研究学者尚不能融会贯通、一一了解，而我作为爱好者，初窥门径，难免有误，望读者朋友们批评指正。

这本书的创作，要特别感谢聚众传媒颜鹏飞先生的支持，也要感谢知悦女士为本书写后记，还要感谢我团队中程建臣、胡珊蓉的密切配合，当然还有王大毛、王喜严二位老师的指导，以及陕西人民教育出版社和陕西金和印务两家单位的支持。

终于写完这本书，我可以暂时卸下沉重的压力，在无人问津的远方再度自由一会儿。

高　宇

2023 年春

目录

离愁别恨

冷暖自知

家国天下

无边风月

纸短情长

离愁别恨

伟大的诗人，
像雄鹰一样，
把自己的巢穴修筑在孤独的高处！

江南逢李龟年

含蓄到极点的诗

公元 770 年，诗人杜甫似乎觉察到自己的身体每况愈下，便由重庆经湖南，从水路回故乡河南，途中因大雨、战乱，多次折返停留，58 岁的杜甫已身心俱疲，却在长沙偶遇盛唐第一音乐家李龟年，心情为之一振。 昔日两人各凭才华都是长安城人气之王，现如今双双流落民间，杜甫心情复杂地写下了《江南逢李龟年》一诗。

江南逢李龟年

［唐］杜甫

岐王宅里寻常见，崔九堂前几度闻。

正是江南好风景，落花时节又逢君。

“岐王宅里寻常见，崔九堂前几度闻”这两句诗中“岐王”指的是唐睿宗李旦的第四子李范，李范住在长安城安兴坊（今西安中山门外五道什字一带），崔九是唐玄宗的发小，本名崔涤，排行第九，担任秘书监（国家图书馆馆长），崔九的住宅位于长安城隆庆坊（今西安兴庆宫公园一带），和唐玄宗在藩邸时是邻居。

杜甫当年在长安漂泊时，时常被李范和崔九这样的达官贵人邀请到府上，杜甫吟诗作对，李龟年弹琴高歌，两人献诗献技仅为丰富上层贵族的娱乐生活。杜甫的前两句回忆当年，在岐王与崔九的住宅里见到李龟年，听过他的歌声，只是李龟年是高级花瓶，杜甫是叨陪末座。此时杜甫路过长沙，在街头听到李龟年的歌声，旁边是不断喝彩的众人，恍惚之间，又回到了那一年长安城李范的王府、崔九的堂前。虽然此时李龟年在民间卖艺，境况不如杜甫，但眼前的情景，人世无常，还是让人唏嘘不已。

前两句回忆的是“虚景”，接下来“正是江南好风景，落花时节又逢君”，转笔成实景。眼下正是江南暮春的大好时节，没有想到落花之时能遇到您这位老朋友。遇到老朋友说了哪些话，做了哪些事？下一次再见是什么时候？统统不写，含蓄到极点。杜甫写这首诗的时候，距离大唐的开元盛世已经过去了40年，距离天宝年间他和李龟年同在长安吃席已经过去了20年。此时杜甫年近六旬，李龟年已过古稀，年年岁岁，花开花谢，但岁岁年年，人各不同，风烛残年的人，适逢乱世，杜甫还要赶路，李龟年也要一边流浪一边卖艺，哪有下一次见面，这一见是久别重逢，亦是人生最后一面。即使再有一个开元盛世，而人生又有多少个40年呢？

“落花时节”落下的是春天的繁花，亦是大唐的繁华，志同道合的人才能看懂同一片风景，他们都是时代的尘埃，都是时代的弃子。人世间所有唐突，都是猝不及防的变数。整首诗没有一个悲伤的字眼，却在结尾处让人黯然伤神，沧海桑田、物是人非的感觉排山倒海般涌到读者的面前。

曾有人质疑这首诗非杜甫所作，但不妨碍历代名人对它的高度赞誉。清代邵长蘅评价《江南逢李龟年》为七绝压卷之作，甚至乾隆皇帝还说，杜甫这首诗短短几句，可抵白居易一篇《琵琶行》的意境，堪称千秋绝调。

或许在李龟年和杜甫分别的时候，杜甫送上此诗，李龟年高歌一曲，沉重的句子和破音的嗓子都成了眼下的日子。李龟年说："你别喝了，还要赶路呢。"杜甫说："再长的路，还不都是要通向坟墓。"同年，杜甫死于回家的船上。

送杜少府之任蜀州

潇洒走一回

公元224年，鄄城王曹植、任城王曹彰以及白马王曹彪同到京城洛阳，朝见皇帝曹丕，不曾想曹彰暴毙，传言是曹丕所害。曹植和曹彪返回封地途中，曹丕安排人监视他们并让他们分开行走。曹植非常生气，写了一首《赠白马王彪》的诗来抒发离别之情，其中两句为“丈夫志四海，万里犹比邻”。

四百多年后，一个叫王勃的年轻人，在长安送别好友时，借鉴了曹植的句子，写下《送杜少府之任蜀州》的名诗。

送杜少府之任蜀州

［唐］王勃

城阙辅三秦，风烟望五津。
与君离别意，同是宦游人。
海内存知己，天涯若比邻。
无为在歧路，儿女共沾巾。

“城阙辅三秦，风烟望五津。”“三秦”指的是秦末项羽占领关中后，将秦朝的三位降将章邯、董翳、司马欣各自封王，故而之后将陕西称为“三秦大地”。“五津”说法不一，一般认为是蜀地岷江的五大渡口，分别是白华津、万里津、江首津、涉头津、江南津，诗中泛指四川。三秦有城阙阻挡，五津有风烟遮蔽，看来这一次兄弟您走远了。

“与君离别意，同是宦游人。”在朝为官，在皇帝身边更容易得到提拔，如果被安排在外地，意味着晋升遥遥无期。王勃此时留在长安，而朋友要去四川，两个人的境遇天壤之别，所以王勃劝勉朋友的话得找到两人的共同痛点，“同是宦游人”表示大家都是背井离乡、宦游异地的人。

“海内存知己，天涯若比邻。”如果四海之内还有知己，即使身处天涯海角，也能超越空间的限制。年轻的时候，我们总认为多个朋友多条路，直到看了很多书，历经很多人后，又让自己回到孤独中来，宁可独善其身，也不愿维持那些表面的朋友。鲁迅曾对瞿秋白说：“人生得一知己足矣，斯世当以同怀视之。”所以知己尤为珍贵。

“无为在歧路，儿女共沾巾。”古人送别，往往在歧路（岔路）处止步，这个典故叫“临歧”。因为送别时情感全部在人身上，一般不会去记路，古代没有导航，走着走着找不到回来的路就麻烦了。王勃这句大概的意思是：小杜小杜，你好好上路，去了蜀地好好做官，现在到了歧路，我要回了，别像年轻人那样哭哭啼啼，我们还会再见的，再见的时候你要幸福，好不好？你的世界没有我了，没关系，你要自己幸福。面对人生的离别，生活的波折，我们都要用开阔的胸襟和高昂的斗志去面对。

分别不是终点，彼此铭记就已足够。人生有些时候，一场邂逅，其实就足够美丽，与其悲伤，不如潇洒。很多年前，我在绿皮火车上看到两位老人在挥手道别，我想这可能是他们今生最后一次见面了，火车即将开动，车内老人噙着泪水，向车外的老人深深鞠躬。然后火车开动了，老人的头被车门夹了一站路。

赠汪伦

汪伦真的只是一个农夫吗？

公元 755 年，李白收到一封来信，信主人汪伦强烈表达想见李白一面，并大力推荐他所在的安徽泾县有一处世间罕见的十里桃花，旁边还有万家酒店。要是在现在李白肯定会淡淡地说一句："已经很少有粉丝能用酒勾起我的兴趣了，你是第 9527 个。"说完立即叫人备马，直奔桃花潭。

李白很快来到安徽泾县以西约 40 千米的桃花潭，地方志记载，这里属于青弋江上游，河水清冷皎洁，烟波无际，景色自然不必说。汪伦同志见到了仰慕已久的李白，奉承的话如斑马的脑袋——头头是道。李白打断他的话头，直奔主题："十里桃花呢？万家酒店呢？"汪伦真挚地看着李白，回答道："此处十里外有潭，名为桃花潭；此处有一家酒店，酒家老板姓万，故名‘万家酒店’。”李白哈哈大笑：“造谣一张嘴，辟谣跑断腿，你这操作真是令人窒息！ 我玩了一辈子文字，最后被你玩了。”汪伦看李白喋喋不休，只说了一句话：“开席吧！”李白欣然前往。

所谓“英雄不问出处，喝酒不论斤数”，汪伦招待李白，每顿必有好酒送上。 汪伦似乎和别人不一样，他热情大方，与李白一见如故，次次欢饮达旦，但又别无所求。 我们不禁要问，汪伦是干啥的？ 难道家里有矿？ 宋朝杨齐贤《分类补注李太白诗》中记载：“村人汪伦酿美酒以待白。”说明汪伦只是个普通的农民。 明朝唐汝询也在《唐诗解》中发出疑问：“伦，一村人耳，何亲于白？”但是能让李白赠诗的人，绝非泛泛之辈。 安徽泾县《汪氏宗谱》中记载：“汪伦是泾县县令，唐朝名士，是李白、王维的好朋友。”这种说法更接近真相。

汪伦胸怀天下，无奈屈居小吏，李白傲然于世，只能蹉跎度日，两人惺惺相惜。 但天下没有不散的筵席，当李白准备离开的时候，并不想知会汪伦，庸俗的送别毫无意义，无声的离去胜过俗世的委婉。 正当李白登船时，汪伦还是得知消息，匆匆跑来了，于是就有了这首《赠汪伦》。

赠汪伦

［唐］李白

李白乘舟将欲行，忽闻岸上踏歌声。

桃花潭水深千尺，不及汪伦送我情。

第一句“李白乘舟将欲行”在敦煌写本与《万首唐人绝句》中均记录为“李白登舟欲远行”。“将欲行”更能表现兴尽而返的感觉，马上要走，也和下一句中的“忽闻”对应。“忽闻岸上踏歌声”，表示李白不知有人来送，汪伦事前也不知李白要走。踏歌这一舞蹈在唐代风靡盛行，具体是什么样子的呢？大家可以脑补：马兰开花二十一，二五六，二五七，二八二九三十一。踏歌一般是一群人表演，有人唱歌有人跳舞，但此时岸上只有汪伦一人，他口中唱着曲子，脚下变化步伐，时而欢快，李白嘴角带笑，时而笨拙，诗仙眼含泪水。有的版本在这里解释为汪伦带着一群村民来踏歌，显然是不对的，李白不告而别，走得仓促，汪伦送得匆忙，哪有时间喊人去？而且两个孤独且纯粹的人互相道别，不会把灵魂暴露在大庭广众之下，让那些凡夫俗子看个没完。

古人作诗，一般出于尊敬，不会在诗中直接用对方的名字，这首诗里李白的名字和汪伦的名字同时出现，在这乡村之间，何必拘于礼节，何须繁文缛节？“桃花潭水深千尺，不及汪伦送我情。”千尺深的桃花潭为“虚”，汪伦的友情为“实”。这首诗简洁明了，甚至无须解释，像是脱口而出，信手拈来。

李白站在船上，就像一个没写地址的信封，而汪伦停在岸上，像一篇未曾读完的书信。两个人没有一句对话，汪伦用现实中的万家酒楼，换取李白万里独行；李白用动情的诗句，为珍惜的友谊画了一个句号。

汪伦也因为这首诗青史留名了一千多年，堪称史上性价比最高的请客。所以，我的读者朋友们，你们是否考虑约我吃个饭，可以传世的那种，或许我们能在人海茫茫中和知己撞个满怀。等什么呢？你的十里桃花呢？你的万家酒楼呢？不行，川菜馆也凑合。

别董大

史上最豪情的送别诗

公元747年，唐玄宗罢免宰相房琯，房家落魄，房琯府中的乐师董庭兰被迫离开长安，因身无所长，便流落江湖，生活十分艰辛。这年的冬天，诗人高适在睢阳（今河南商丘）与董庭兰相遇，昔日庙堂之上的艺术家而今衣衫褴褛。短暂相处后，两人又各奔东西，临走之时，高适写下这首《别董大》。

别董大

[唐]高适

千里黄云白日曛，北风吹雁雪纷纷。

莫愁前路无知己，天下谁人不识君。

这首诗标题中的“董大”指的是董庭兰，因其在家中排行老大，故称“董大”。董庭兰是一位音乐奇才，他最擅长古七弦琴，但当时唐朝盛行胡乐，七弦琴非常冷门，不得已他开始演奏更为大众熟悉的筚篥（bì lì）。为了获得流量，董庭兰不惜走街串巷为老百姓演奏，在民间有很高的人气，后被宰相房琯看重，成为座上宾，也是最负盛名的筚篥演奏家。后遇安史之乱，宰相被贬，百姓流离，董庭兰的生活暗无天日，生而不甘，死又不敢。此时高适43岁，科举落榜，四处奔波，只在地方做过幕府，仕途就如同从湖南到河南——难（南）上加难（南），但高适天生豁达，让《别董大》这首诗充满豪情壮志。

“千里黄云白日曛，北风吹雁雪纷纷。”千里黄云蔽日，北风呼啸天地，大雪笼罩四野，中国北方的冬天，万物肃杀，寒意凝聚。高适从环境着手突出两人分别的愁苦心情，但是这样苍劲的环境描写中居然还有一群大雁迎着风雪，往南而去，这就是希望！送别不等于永别，故而不用太悲伤。

“莫愁前路无知己，天下谁人不识君”这是对董庭兰的劝勉。别怕，兄弟！不要担心未来茫茫、前方没有知己，天下谁不认识你呢？越是孤独，越是没朋友，越是没人支持，就得越尊重自己！高适以这样的句子赠送董庭兰，山高海阔，意境颇高！董庭兰的乐师身份让他曾经风光无二，天下识君。过去太顺利的人遇到挫折就会很悲观，高适长期蛰伏，反倒有了一种逢山开道、遇水造桥的生猛气势。也许董庭兰骨子里是最纯粹的出世智者，而高适大概就是入世强者，他也期望朋友能“东山再起”。

魏晋南北朝时期，东晋大将桓温率军北伐，来自陈郡谢氏的谢万也随军出征，不过在战争过程中，谢万畏惧敌人，单骑逃跑，导致兵败。朝廷将谢万贬为庶人，同为陈郡谢氏的谢安受到牵连被贬，便隐居在会稽东山，与王羲之等人游山玩水，但是所有人都知道，谢安有王佐之才，他只是在等一个机会。不久后，朝廷邀请谢安出山，谢安赴任，官至宰相，并在淝水之战中指挥若定，以绝对悬殊的兵力打败了前秦数十万兵马，成语“东山再起”由此得来。

“莫愁前路无知己，天下谁人不识君”这两句诗之于谢安、高适和董庭兰，都是最励志的话语，真的朋友不在意你曾经的落魄，只在意你是否会重新崛起。电影《绿皮书》里有这样一句台词：“这世界上有各种各样的人，恰巧我们成为朋友，这不是缘分，只因为我们本就该成为朋友。”

逢入京使

功名只向马上取

岑参出生于官宦世家，其曾祖父、伯祖、伯父都是宰相。武则天当政时，伯祖因反对武氏被捕下狱。唐玄宗上任时，伯父又是皇帝的死敌太平公主一党，被灭了族，好在岑参不是直系亲属，靠着实力考中进士，当了个八品小官。岑参不甘于在基层工作，于是主动提出去安西四镇做文官，在西去的路上，写下《逢入京使》。

逢入京使

[唐]岑参

故园东望路漫漫，双袖龙钟泪不干。

马上相逢无纸笔，凭君传语报平安。

龟兹（qiū cí ，今新疆库车）、焉耆（yān qí ，今新疆焉耆西南）、于阗（tián，今新疆和田西南）、疏勒（今新疆喀什）四城是大唐西北边防的要塞。一生纵横疆场、立功无数的大将高仙芝在这里担任安西四镇节度使。34 岁的岑参辞别妻子，从长安出发，经河西走廊去往边关。第一次出远门的岑参，有去前线建功立业的兴奋，有远离故土思念亲人的落寞。

“故园东望路漫漫，双袖龙钟泪不干。”“故园”指的是长安城；“龙钟”不是年老体衰，行动不便，毕竟岑参当时才 34 岁，这里表示眼泪在飞，鼻涕在垂。一路向西北，回头一看，故乡长安城已经十分遥远了。他方纵有当头月，不抵家乡一盏灯，思念亲人和故乡让诗人的眼泪用袖子也很难擦干，你就不能准备一些手帕吗？

“马上相逢无纸笔，凭君传语报平安。”岑参一边走一边回头的时候，突然一匹马从远处迎面疾驰而来，原来是一位进京的使者，茫茫大漠之上，双方都有公务在身，见面的言语应该都很简洁。让我们以现代人的角度来想象一下当时的场景。

岑参："干吗去？"

使者："回长安。"

岑参："不去行不行？"

使者："不去你养我啊？"

搞错了，再来。

岑参："干吗去？"

使者："回长安。"

岑参："能帮我带封信给我的妻子吗？"

使者："9 块 9 包邮，注册我们的会员还可以优惠，发给 10 个好友还能获得代金券……"

岑参："不用，就带一封信。"

使者："信呢？"

岑参："稍等，我现在写。"

使者："……"

岑参下马，在袋子里拿出干粮、换洗衣物、剃须刀、防晒霜，因为太乱，一时找不到纸和笔。使者不断催促，说自己还要去前面的驿站打卡。岑参也有点儿慌，于是索性对使者说：“信不写了，如果您到了长安，帮我给家人带个口信，说我快到军营了，一切平安，军营里管理严格，路程也远，写信的时间很少，因为每天有很多文书要写，闲暇应该还要修补钢刀，给盔甲拧螺丝，出来打工不能想家，感情是流水线大忌……”

岑参说完，两匹马擦肩而过，一个继续东归，一个仍在西行，诗歌在这里迅速收尾，干净利落。“马上相逢无纸笔，凭君传语报平安”这句诗从一个极为简单的细节入手，把偶遇使者的激动，告知亲人的热切，找不到纸笔的狼狈，以及凭君传语的洒脱全部表现出来，成为经典。

世上本没有故乡，只是因为有了他乡；世上本没有思念，只是因为有了离别；世上其实也没有书信，只是因为写信的对象太过重要，再铁血的战士也会为他心底的故乡，保留一丝温存。

送日本国僧敬龙归

致敬这场遇见

唐朝晚期，由于国势衰落，战乱不断，日本国停止向大唐派送遣唐使，一些在大唐的学生和僧人也在不同时期返回本国。诗人韦庄与日本僧人敬龙和尚交好，敬龙回国时，韦庄写下《送日本国僧敬龙归》为其饯行。

送日本国僧敬龙归

［唐］韦庄

扶桑已在渺茫中，家在扶桑东更东。
此去与师谁共到，一船明月一帆风。

“扶桑已在渺茫中，家在扶桑东更东。”《山海经·海外东经》记载，汤谷上有扶桑。汤谷是神话传说中太阳升起的地方，位于山东半岛以东，是上古时期祭祀太阳神的地方。《十洲记》则记载，扶桑是在海上独立的岛屿，有蓬莱山、太帝宫等建筑。

《梁书·诸夷传》记载，扶桑国是因为盛产扶桑树而得名，位于中国之东两万余里处，南北朝时还有僧人从扶桑国到过中原。关于扶桑国在哪里，目前学术界争议很多，有的说在美洲的墨西哥，有的说在今天俄罗斯的东部，当然韦庄在诗中的“扶桑”指的是日本国。诗的前两句意思是遥远的扶桑已在渺茫之中，您家在扶桑东面还要往东。七绝因为字数较少，所以诗人一般会惜字如金，避免重复用字。前两句中两次出现“扶桑”，又有“东更东”，这样的描写很像小时候的儿歌：唐僧骑马咚那个咚，后面跟着个孙悟空……晚唐诗歌相比于初唐、盛唐，寻求突破，有意不注重格律、用字。李商隐的《夜雨寄北》中连续出现“归期”“巴山夜雨”便是这种风格。

“此去与师谁共到，一船明月一帆风。”盛唐时的遣唐使，日本国官方都会派出大船接送，最大程度保证这些使者在大海中的安全，但现在随着官方不再发放派遣证，大船也就没有了。敬龙只能乘坐商人的船离开，船行大海，或狂风暴雨，或大雾迷离，都是不确定因素，这一去，或十天半月，或一年半载，谁和大师同行呢？看来看去，没有熟人，唯有一船明月和满帆清风相伴。这是一句隐晦的祝福语，“谁共到”虽然表示敬龙孤身上路，但“到”这个字已经是作者预祝朋友平安到达；“明月”表示天朗气清，没有风雨；“一帆风”是借鉴中唐诗人孟郊《送崔爽之湖南》中的“定知一日帆，使得千里风”，成语“一帆风顺”也出自于此。作者叮嘱海上的清风、天空的明月能与敬龙大师一同抵达。

山高水远，此一别便是韦庄和敬龙一生中最后一次见面，此后敬龙再也没回过大唐。他从人海而来，终究回归人海，也正是没有归来，或许这才是离别的意义。尽管相遇的时光不会太多，倘若分道扬镳，就祝我们各有千秋，尾声潮落，扬帆起航，致敬这场遇见。

金铜仙人辞汉歌

诗鬼封神之作

公元810年，李贺在长安经人推荐，担任礼部从九品的“奉礼郎”，这是国家祭祀活动中的基层执行人员。这个职位李贺做了三年，三年中他经历了仕途不顺、升迁无望、报国无门、妻子离世、积怨成疾后，带着千百年不变的怀才不遇，选择离职，离开长安，行至灞河时，柳枝依依，他写下了《金铜仙人辞汉歌》。

金铜仙人辞汉歌

[唐]李贺

茂陵刘郎秋风客，夜闻马嘶晓无迹。
画栏桂树悬秋香，三十六宫土花碧。
魏官牵车指千里，东关酸风射眸子。
空将汉月出宫门，忆君清泪如铅水。

衰兰送客咸阳道，天若有情天亦老。

携盘独出月荒凉，渭城已远波声小。

“茂陵刘郎秋风客，夜闻马嘶晓无迹。”茂陵是汉武帝的陵墓，这位千古传奇帝王一生吞并百越，驱逐匈奴，瓦解诸侯，加强皇权，是为英雄盖世。汉武帝晚年渴望求得长生，便四处寻觅。今西安市未央区卢家口村北边，曾有一座夯台，这是汉朝“柏梁台”的遗址（详见《长安处处有故事·西安地名》中的“卢家口村”），修筑于汉武帝年间，因用香柏为梁，故有此名。

《三辅黄图》记载，柏梁台高二十丈（今 66 米左右），台顶之上设置有高大的铜柱，铜柱之上有铜刻的神仙一尊，铜仙捧着承露银盘，盘中摆着玉杯，玉杯用来承接上天的甘露，其实就是雨水，采集完成后供汉武帝饮用。饮用之后的汉武帝是否会腹泻？我们不得而知，但他肯定没有因此而长生不老。汉武帝死后，很长一段时间内，夜间有人在皇宫中还能听到汉武帝坐骑的嘶叫，当然这仅仅只是传言，天亮无迹可寻。

“画栏桂树悬秋香，三十六宫土花碧。”东汉灭亡后，曹魏明帝时，长安已非都城，汉朝皇宫无人打理，宫殿中的桂树还在深秋散发香气，只是断井颓垣，苔藓丛生。“魏官牵车指千里，东关酸风射眸子。空将汉月出宫门，忆君清泪如铅水。”公元237年，魏明帝曹叡下令，将昔日汉武帝所铸造的柏梁台铜仙人运送至洛阳，他也要体验琼浆玉露的味道，可那尊铜仙人十分高大又极为笨重，当时官方召集了不少民工才勉强将铜仙人装车运走。但是走到西安城东的灞河时，问题来了，这么大的物件怎么过河呢？而就在此时，杨柳依依下，或许是留恋曾经的汉武帝，铜仙人神奇地流下了眼泪，众人骇然。在请示魏明帝后，大家索性就地掰下铜仙人手里的承露银盘运往洛阳交差。魏明帝得不到真铜仙人，自己请人定做了个微缩版铜仙人，把盘子一搁，气势虽不足，形式却很完美。

“衰兰送客咸阳道，天若有情天亦老。”枯萎的兰草在咸阳道上为铜仙人送别，苍天日出月没，光景常新，倘若他有感情，也会因为尘世间的离愁别恨逐渐变老。“天若有情天亦老”这句，瑰丽奇诡，意境跳跃，解释字面并不难，但其中的意味绵延悠长。北宋学者司马光曾这样评价："这句诗太绝了，如果是对联，无人能对出下句。"司马光被打脸的速度非常快，与司马光同时代的北宋文学家石延年在一次酒后，以"天若有情天亦老"为上联，对出下句"月如无恨月长圆"，浑然天成。倘若月亮没有遗憾，婵娟千里为何还有月阙之时？

汉武帝想长生，成了茂陵的尘土；魏明帝想长生，成了秋风中的过客。那个铜仙人亦不能长生，被弃之荒野，被夺了银盘。无论是金石之坚，还是草木之衰，有兴盛，就有衰败；有新生，便有死亡。

"携盘独出月荒凉，渭城已远波声小。"铜仙人的银盘终被取走，长安城似乎又恢复了平静。本已被遗弃的城市在月光下更显得荒凉，铜人辞别故土，银盘辞别铜人，汉朝辞别历史，渭河的波涛声越来越小。

对李贺来说，家庭的变故、仕途的失意、身体的疾病让他辞别长安城，他这一生年少成名却在政坛上一事无成，人生之惧怕，非鬼非妖，而是内心深处的苍白。所以李贺的这首诗充满了忧郁与绝望。人世枯荣，变幻无常，离开长安后的第三年，公元816年，27岁的李贺英年早逝，那个出神入化、秋坟鬼唱的绝世天才消失于晚唐。

时间又过了一千一百多年，1949年中国人民解放军横渡长江，一位伟人写下一首《人民解放军占领南京》的七律，诗中引用李贺的名句“天若有情天亦老”，并续写一句“人间正道是沧桑”。中国的近代史，从鸦片战争到太平天国，从洋务运动到百日维新，从甲午战争到《辛丑条约》的签订，从辛亥革命到抗日战争。中华民族经历了从汉唐的辉煌到晚清的没落，之后被列强欺辱。天不会老，救世主亦不会到来，自己的幸福要靠自己去争取，中国的历史要靠人民去创造。事物总是沧海桑田，不断变化，只不过李贺看到的是繁华终会衰败，毛主席看到的是衰败之后，便会涅槃重生！

赋得古原草送别

如何写好考试命题作文？

白居易初来长安时，拜访文坛大家顾况，希望能获得引荐。顾况阅文人无数，但当他看到“白居易”这个名字的时候，还是忍不住开起了玩笑：“居住很容易？还姓白？长安米贵，恐怕居之不易吧。”如果是老油条肯定怼一句：“老师住海边吧，管得这么宽，我又没吃你家大米饭，你着什么急？”白居易当时才十几岁，初见世面，恭恭敬敬送上作品《赋得古原草送别》，不敢接话。

赋得古原草送别

［唐］白居易

离离原上草，一岁一枯荣。
野火烧不尽，春风吹又生。

远芳侵古道，晴翠接荒城。
又送王孙去，萋萋满别情。

顾况读罢此诗，大为赞赏，连连说道：“有此佳句，京城长安，欢迎您落户！”这个故事记录于唐朝《幽闲鼓吹》一书中，书里记载的大多为遗闻轶事，说不上来有多少可信度。大多数人第一次接触到这首诗是在小学课本上，为了学生好理解，只节选了前面四句，名字也更改为《草》。这首诗本名叫“赋得古原草送别”，“赋得”是一种文体，类似于今天的命题作文。考试时考官会让学子抽题，学子打开考卷，上面写着“春风”，你的诗就要以春风为主，上面写着“谢谢惠顾”，那您就别考了。白居易在考试中抽到“送别”，无疑是要骂人的，考场咋送别？送别对象是谁？又不是表演系的学生，真情实感怎么写？好在白居易才思敏捷，设想了一个破旧且古老的高地，写了这首诗。

写作的时候，我们常用一个词“触景生情”，先有“景”能“触”，才有“情”可“生”，所以白居易开篇就写“离离原上草，一岁一枯荣”。“离离”指的是草长得茂盛，这句话的意思是，原上草三丈高，秋冬枯萎春又茂。“野火烧不尽，春风吹又生。”“野火”具有很强的破坏能力，稍有一点儿火星便会燎原，“春风”具有很强的生命力，春风一吹万物开始复苏。一刚一柔，一生一灭，对应上一句。野火烧过，野草变“枯”，春风吹过，野草变“荣”，伟大的人生，都是烈火淬炼过，忍受过足够“枯”才能一朝“荣”。

“远芳侵古道，晴翠接荒城。”春风吹拂之下的野草一直蔓延到远处，甚至遮住了古道，晴日里的阳光照耀着古城，这座古城曾经无比繁华，车水马龙，但如今古道湮灭，城池荒芜，春草长满了荒城。

“又送王孙去，萋萋满别情。”“王孙”是要送别的人，“萋萋”表示草木茂盛。前面的“景”已经铺垫完毕，最后一句要点明主题“送别”。在一个荒芜的城池旁，送别故人，草木长得越高，苍凉之感愈强，送别的情绪愈浓。今时繁盛，总会遇到秋冬枯萎，一场大火后所剩无几，就像离别的依依不舍，他日重逢，无论分别多少年，双方都会有新的天地，就像春天的小草竞相生长，绵绵不绝。

白居易的这首诗，没有标注具体地点，没有写朋友的名字，甚至什么时候写的也没有言明，没有华丽的辞藻，只是用小草来一步一步引出分别，十六七岁能有这样的功力，可见一斑。

新添声杨柳枝词

谐音梗的花式玩法

唐朝有一种教坊的曲子叫《杨柳枝》，起初内容只是单纯的赞美杨树、柳树，后来经过一些文人整理改编，根据旧曲作词，内容便丰富起来。当然这其中最有名的当属温庭筠的这首《新添声杨柳枝词》。

新添声杨柳枝词

［唐］温庭筠

井底点灯深烛伊，共郎长行莫围棋。
玲珑骰（tóu）子安红豆，入骨相思知不知。

温庭筠的《新添声杨柳枝词》一共两首，我们选取其中的一首。历史记载，温庭筠的脸充分反映了大自然的鬼斧神工，因其长相奇特，时人称他为“温钟馗”！ 温庭筠也有话说，你们对我的皮囊失望，但我的灵魂滚烫!

“井底点灯深烛伊”，第一句就把人整蒙了，为什么要在“井底点灯”？ 这是什么怪癖？ 因为古人认为井很深，“井深”意味着“人心”很深，这里有个谐音梗，“深烛”表示“深嘱”，“伊”指的是心爱的男子，连起来就是：夜里点着蜡烛，我把心里话讲出来，嘱咐即将远行的爱人。

“共郎长行莫围棋”，“长行”又叫“双陆”，是古代的一种棋类游戏，一个长方形的棋盘，双方各执十五枚棋子和两个骰子，根据投掷的数字选出最佳走法，玩家尽力把棋子移动及移离棋盘，“长行”在诗中表示爱人要远走，“围棋”就是我们熟悉的棋类游戏，谐音“违期”。 这句话的意思是：我的心将与你长行，记得早点儿回来，不要误了归期。 读这首诗就像看姜文的电影一样，对比着分析看，才能看懂。

“玲珑骰子安红豆，入骨相思知不知。”“骰子”又称“色子”，就是打麻将时，每局开头使用的工具，相传骰子是三国时期曹植所创，最初是用象牙或玉石雕刻成镂空的状态，在中间镶嵌一颗红豆，磨成六个面，面上分别刻着数字一至六，小巧可爱，精致玲珑，后来民间也用兽骨来做骰子。所以，后世的麻将爱好者都要好好拜一拜曹植的这项发明，至少我对他是非常尊敬的。

“红豆”又叫“相思豆”，象征爱情或相思。注意，“红豆”安进“骰子”便是“入骨相思”，作为一个有几十年麻将经验的四川人，我从未想过把爱情和骰子结合在一起做比喻，实在惭愧。这位女性对爱人说：“你外出每次玩耍掷骰子时，看看玲珑骰子镶嵌着的红豆，这便是我对你的入骨相思！”

温庭筠的这首诗，既缠绵悱恻，又把生活场景巧妙地融入进来，可谓妙手天成。“知不知”三字要用粤语读出来，才更有离别之苦，团聚之难。作为“花间派”的鼻祖，温庭筠在情感细腻的拿捏上足见功力。

什么叫思恋一个人？那就是见到对方之前，不知情为何物，错过之后，更不知情为何物，当思恋由情欲变成刚需时，情就已经入骨。我曾经也很深刻地喜欢一位女子，入骨相思的感觉体会颇深，我以为牵了她的手就算约定，没想到她是千手观音。唉，牛马不知死活，智者不入爱河。

梦微之

大唐最暧昧的一对诗人

公元 831 年，诗人元稹在武昌去世，中唐文坛一颗耀眼的星从此落下，白居易沉痛为其写下墓志，这两位伟大的诗人一生将对方视为知己。九年之后，白居易某天夜里梦见元稹，醒来后写下了《梦微之》这首诗。

梦微之

[唐]白居易

夜来携手梦同游，晨起盈巾泪莫收。
漳浦老身三度病，咸阳宿草八回秋。
君埋泉下泥销骨，我寄人间雪满头。
阿卫韩郎相次去，夜台茫昧得知不？

元稹，字微之，他和白居易年轻时同时中过科举，被吏部面试通过，成为校书郎，正式进入大唐公务员体系。两人均算是“祖上有矿”，元稹是北魏皇室后裔，白居易是官宦世家。两人也都是家庭遭遇变故，少年艰辛继而发愤图强，终于在科举上傲视群雄。“夜来携手梦同游，晨起盈巾泪莫收。”多年之后，白居易还能梦见那时的他们，朝气蓬勃，结伴畅游曲江池，春登乐游原，留下了不少诗篇，也结下了深厚的情谊。早晨醒来后泪水沾满枕巾且止不住。

“漳浦老身三度病，咸阳宿草八回秋。”很多地方把“漳浦”解释为“福建漳州”，其实白居易晚年并未到过福建，这里作者借用三国时期建安七子刘桢的典故，刘桢曾经卧病漳浦，当时的漳浦在曹魏的邺城（今河北邯郸市临漳县一带），因靠近漳河得名。白居易上了年纪经常生病，而元稹坟头的草已经长了八个年头了。

“君埋泉下泥销骨，我寄人间雪满头。”在黄泉之下，泥土侵蚀你的骨肉，而我在人世之间，白发像雪一样堆满头顶。“阿卫韩郎相次去，夜台茫昧得知不。”阿卫是元稹的小儿子，韩郎是元稹的女婿，两个人已先后去世，在昏暗渺茫的黄泉下，你知道吗？白居易为何如此深深怀念元稹，因为在诗坛上，他俩的故事确实经得起时间的考验。

元稹初入官场时，直言进谏，得罪权贵，被贬河南，他给白居易写诗：“愿为云与雨，会合天之垂。”这种虎狼之词，似乎很难想象这是男子之间的思念。公元 809 年，元稹去往四川做官，途经骆口驿时，见驿站有白居易所题诗句，故人宛在眼前，于是也赋诗一首，寄去长安，白居易大为感动，写道：“唯有多情元侍御，绣衣不惜拂尘看。”

元稹走到嘉陵驿，面对滔滔江水，他心里又想起白居易，幽幽写道：“万一帝乡还洁白，几人潜傍杏园东。”不日后，白居易回诗：“谁料江边怀我夜，正当池畔望君时。”你在嘉陵江边想我的时候，我也正好在曲江池畔念你。元稹在四川很想念妻子韦丛，便写诗一首，聊表思念，韦丛的回信还没到，白居易抢先一步回诗：“两处春光同日尽，居人思客客思家。”在两个不同的地方度过同样的春天，浪迹天涯的游子思念亲人，亲人何尝不思念远方的人儿？抱歉，这两人对诗相当“辣眼睛”！不知两人的妻子作何感想？当然这还不是两人腻歪的顶峰。

元稹在汉中驿的时候，梦见自己和白居易同游曲江，醒来后写道：“梦君同绕曲江头，也向慈恩院院游。亭吏呼人排去马，忽惊身在古梁州。”恰好当天，白居易真的就在曲江慈恩寺里，刚好写了一首诗：“花时同醉破春愁，醉折花枝作酒筹。忽忆故人天际去，计程今日到梁州。”一人去曲江游玩想起对方，另一人梦见对方想到自己，两人千里神交，心有灵犀。

公元 815 年，元稹被贬多年后奉旨回长安任职，白居易和元稹，这对知己终于重逢，那些诗酒年华的日子，携手相伴的岁月又回来了。不过两人相聚仅一月有余，元稹就被贬往通州（今四川达州）。在那里元稹水土不服，感染疟疾，差点儿死去，这可急坏了白居易，不停地寄药，病榻上的元稹收到药，还不忘写诗撩一下对方：“唯有思君治不得，膏销雪尽意还生。”五年后，元稹重新回到长安，受到唐穆宗的重用，官拜宰相，但白居易已经被贬江州，人去楼空。元稹在长安也仅仅待了一年的时间，就被再次赶出长安。

公元 823 年，白居易在杭州做官，正好元稹做了浙东观察使兼越州（今浙江绍兴）刺史，两人在杭州久别重逢，欢饮三日，并床而睡，聊至天亮也不觉得困，但人生最难是欢聚，唯有别离多，此后几年，元稹被启用，又被贬，在武昌暴病而亡。

元稹和白居易，他们三十年间唱和不断，他们是朋友，是好朋友，是相互的靠山，是精神支柱，他们彼此牵挂，一起成长。他们一生都在不同的地方，看着不同的灯火阑珊，不同的人来人往，不同的人生际遇，却总在欢声笑语、悲愁垂涕中想起彼此。

冷暖自知

诗人的生命，
不能以时间长短来衡量，
当写出诗句时，便已经永恒！

DU SHI QU

卖炭翁

唐朝底层百姓的悲歌

古代皇宫中的日用品，都是由专门的机构外出采买。唐朝中期，国库空虚，太监便到都城的市场上直接采购。他们不携带任何文书和凭证，看到所需的东西，随意以低于成本很多的价格收购，并以官方的名义要求商贩送货上门，百姓和商人对此深恶痛绝。中唐诗人白居易针对这一情况写下《卖炭翁》一诗。

卖炭翁

[唐]白居易

卖炭翁，伐薪烧炭南山中。
满面尘灰烟火色，两鬓苍苍十指黑。
卖炭得钱何所营？身上衣裳口中食。
可怜身上衣正单，心忧炭贱愿天寒。

夜来城外一尺雪，晓驾炭车辗冰辙。
牛困人饥日已高，市南门外泥中歇。

翩翩两骑来是谁？黄衣使者白衫儿。
手把文书口称敕，回车叱牛牵向北。
一车炭，千余斤，宫使驱将惜不得。
半匹红纱一丈绫，系向牛头充炭直。

伐薪烧炭在古代是一个工序复杂的职业，诗中的卖炭翁在终南山作业，离都城长安很近，需要办理经营许可证，工商税务这都避免不了，还要依照产量修窑。同时伐薪烧炭也是一个耗时的劳动过程，树要一棵一棵砍，柴要一段一段劈，炭要一窑一窑烧，还要注意一氧化碳中毒。长此以往，“满面尘灰烟火色，两鬓苍苍十指黑”。所谓“火燎的金刚，烟熏的太岁”用在卖炭翁身上，再合适不过。

说到这里，有人要说了，卖炭翁可以啊，独立法人，有自己的产业，应该算个中产吧。白居易写道：“卖炭得钱何所营？身上衣裳口中食。”老翁不是贩卖木炭的商人，他只是一个烧炭的普通老百姓，卖炭的全部收入仅仅是用来解决“身上衣”“口中食”这样的基本生活，平时产量并不高，也没有流水线的生产工厂。

“可怜身上衣正单，心忧炭贱愿天寒。”可怜老翁身上只穿着单薄的衣服，心里却担心炭不值钱，希望天更冷些。这种话我听外卖小哥说过：“希望天气恶劣，虽然自己置身于疾风骤雨中，但是配送费会高些，一些买家还会支付溢价费。”我也听砖厂的工人说过：“希望加班，甚至上夜班，尽管知道熬夜会伤身，但月底会额外多一点儿工资。”这样的想法自私又朴素，辛酸又无奈。小时候学这首诗时兴趣索然，如今再看，瞬间被击中——贫穷可以让人卑微到如此地步！

老翁在这个冬天备齐了一车木炭，“夜来城外一尺雪，晓驾炭车辗冰辙。”昨夜雪满长安道，气温骤降，集市上买炭的客户应该很多，天不亮老翁就驾着牛车去往集市。这一车炭或许是为了置办春节的年货，或许仅仅是为了给自己和家人添一件冬衣。“牛困人饥日已高，市南门外泥中歇。”人困牛乏，太阳已经升得很高，老翁准备休息片刻，充满希望的一天马上要开始了。但是剧情在这里出现了反转。

“翩翩两骑来是谁？黄衣使者白衫儿。手把文书口称敕，回车叱牛牵向北。”迎面而来两匹马，黄衣使者是宫中的宦官，还有穿白衫的马仔，他们手中拿着文件，说是皇帝盖章认可的。二话不说，拉着卖炭翁的牛车就往皇宫中走。

“一车炭，千余斤，宫使驱将惜不得。半匹红纱一丈绫，系向牛头充炭直。”老翁这一车炭好歹千斤，是他的全部家当，也是这个冬天的希望，宦官只把半匹红纱和一丈绫朝牛头上一挂，就充当买炭的钱了。红纱和绫是两种丝织品，红纱普通，绫略贵，但两者加到一起，远远没有达到一车木炭的价格。这些宦官，明明可以直接抢，却还要送两块丝织品，回到皇宫再给皇帝报个高价，其中的差额就落到自己腰包里了。

从终南山到长安城，几十里地，雪路崎岖，一口热饭都没吃上，千斤木炭变成两块丝织品，冬衣没了，生活没了希望。长安这个全世界第一大都市，有人将剩饭喂狗，有人流落街头，令人反感的，远不是世界的丑陋，而是这个世界所戴的漂亮面具。老舍的《骆驼祥子》里有句话：“我以为一直努力拉车，就会拥有属于自己的一辆黄包车。”

登高

如何坐稳七律“第一把交椅”？

公元765年，唐朝剑南节度使严武去世。作为杜甫的世交，严武在杜甫流落成都时一直给予杜甫支持和帮助，他的离世让杜甫失去了依靠，被迫离开成都。杜甫到了夔（kuí）州（今重庆奉节），夔州都督柏茂林让他投身农业，管理公田，看守果园。两年后，重阳佳节，漂泊无定的杜甫写下《登高》一诗，慷慨激昂、气象高浑。

登　高

[唐]杜甫

风急天高猿啸哀，渚清沙白鸟飞回。
无边落木萧萧下，不尽长江滚滚来。
万里悲秋常作客，百年多病独登台。
艰难苦恨繁霜鬓，潦倒新停浊酒杯。

明代诗评家胡应麟称这首诗为古今七律第一。既然是第一，诗的内容一定与众不同，我们且看且分析。“风急天高猿啸哀”这是作者的仰视，描写了“风、天、猿”三种不同的事物，事物之间又环环相扣，因为“风急”吹散了云，所以尽显天高；因为“风急天高”，所以猿啼之声才显得足够凄凉。夔州众多峡口，峡口哀猿长啸，秋日的风将撕心的啼叫送至峡口各处，哀转不绝。“渚清沙白鸟飞回”是作者的俯瞰，秋日水枯，河床露出，白沙可见，鸟儿在河床上低飞盘旋。为什么鸟儿不高飞呢？因为“风急”啊！前后逻辑缜密。这两句中的天与风、沙与渚、猿啸与鸟飞相互对仗，又具有从上至下的空间感，字字精确，老杜同志的功底不是一般的强。

“无边落木萧萧下”，有人问：“为什么不是落叶而是落木呢？”其实这句源自战国屈原的《九歌·湘夫人》：“袅袅兮秋风，洞庭波兮木叶下。”杜甫用“木”代替“叶”，有三个原因：第一，落叶是悠然的，落木是浩荡的，“落木萧萧”要和下句的“长江滚滚”气势对仗；第二，疾风裹挟着落木，突出秋日的肃杀；第三，落木更能突出作者对生命末年的描写，这是杜甫晚年的作品。作者一个“木”字的用法顿时让我感觉豁然开朗。“不尽长江滚滚来”，有人又问：“为什么不是‘滚滚去’而是‘滚滚来’呢？”“去”表示一切已成定局，历史随着长江翻滚而去，是过去时；“来”表示前面提到的猿啸哀、鸟飞回、急风、落木等恶劣的环境随着长江水一并向我奔腾而来，是正在发生的事。“滚滚去”只能感怀，而“滚滚来”需要应对，画面感十足。

“万里悲秋常作客，百年多病独登台。”宋朝学者罗大经从这两句诗里看出了八层悲伤的意思，这位同志适合从事剥洋葱的工作！我们看看他如何解读这两句。“悲秋”表示季节惨淡，这是第一层“悲”；“万里悲秋”表示悲秋的时节离家万里，这是第二层“悲”；“万里悲秋常”表示常常在悲秋时节离家万里，这是第三层“悲”；“万里悲秋常作客”表示每年悲秋时节，都会离家万里，关键是居无定所，不知何时回家，这是第四层“悲”；“百年”表示作者已经是迟暮之年，如果年轻时在外漂泊，实属正常，垂垂老矣，仍遭此折磨，比“万里悲秋常作客”更惨，这是第五层“悲”；“多病”无须解释，人都会害怕生病，更害怕一个人的时候生病，有时候一场小病就能让人感怀身世凄凉，会呼吸的痛不仅仅指想念，感冒也是，这是第六层“悲”；“独”，一个人，无亲无故，这是第七层“悲”；最后两个字“登台”，恰恰是因为“登台”，看到眼前的景物，触景生情，这是第八层“悲”。明朝内阁首辅李东阳看见这两句曾感叹道：“景是何等景,事是何等事？”

“艰难苦恨繁霜鬓，潦倒新停浊酒杯。”“艰”为杜甫少年时到长安求取功名，遭遇奸相李林甫而名落孙山；“难”为杜甫混迹长安，贵族豪门常邀请他入堂吟诗，却无一人引荐其做官；“苦”为安史之乱山河沦丧，杜甫被叛军所擒，几次逃出，险些性命不保；“恨”为历经劫难，终于获得帝王委任，因直言进谏而被罢黜，遗憾终生。杜甫漂泊华州、秦州、成都、夔州，这些经历让他白发日增，潦倒不堪。

《登高》前四句写登高之所见，后四句写登高之所思，全诗像四副对联一样工整，简练而准确，将汉字之美发挥到了极致。每当看到这首诗，我就在想，无论这辈子怎么努力，我都写不出这么牛的句子。

假如杜甫一生衣食无忧，他应该也是个一流的文人，类似于王之涣、顾况。但是杜甫是超一流的诗人，我们在杜甫晚年的诗句中，还能看出他未曾报效国家的遗憾，但时代让他无所适从。最后，杜甫成了一个漂泊者，一名尘世间的匆匆过客。

逢雪宿芙蓉山主人

我们都是在夜里崩溃过的俗人

刘长卿，唐诗中的“五言长城”，唐玄宗年间荣登进士，遗憾的是还没等到被任用就爆发了安史之乱，十年后刘长卿才勉强当上一个县尉。刘长卿接下来的人生更惨，不断被贬谪，不断被人诬陷。公元771年至773年，刘长卿担任转运使判官，住在湖南。一年寒冬，刘长卿被大雪困于芙蓉山中，眼见日暮时分，幸得一户农家收留，于是便有了这首《逢雪宿芙蓉山主人》。

逢雪宿芙蓉山主人

[唐]刘长卿

日暮苍山远，天寒白屋贫。

柴门闻犬吠，风雪夜归人。

让我先赞叹一句，刘长卿用的文字真是直白！ 别看文字直白，疑问却有很多。 一、标题中的“芙蓉山”在哪里？ 今天湖南中部偏北的安化县、东部偏北的宁乡市和南部的桂阳县，其辖区都各有一座芙蓉山。《桂阳直隶州志》记载：“桂阳有山，如菡萏（hàn dàn，水芙蓉）之蕊，故曰芙蓉山。”而刘长卿流传的诗歌中，只有《逢雪宿芙蓉山主人》和《桂阳西州晚泊古桥村主人》两首的题目使用了“主人”二字，所以本诗写于桂阳的可能性最大。 二、“日暮苍山远”的“苍山”是泛指群山，还是当时真有一座苍山？ 现已无从考证。 三、“天寒白屋贫”的“屋贫”是贫寒之屋，还是这里只有一处房屋？ 我们带着疑问来欣赏诗人的文字，其实文字不必分好的还是坏的，倒是可以分为迷人的或者乏味的。

“日暮”对“天寒”，“日暮”是西边天空短时间发生的事情，“天寒”是整个空间长时间的季节，由小及大；“苍山”对“白屋”，苍山在远处，影影绰绰；白屋在近处，银装素裹。 一个银色的世界，因为“苍山”而变得辽阔苍凉，因为“白屋”而变得安静祥和。 “远”表示回家的路遥遥无期，“贫”应该指的是眼前的白屋简陋，为后面埋下伏笔。

大雪封山，天寒路滑，眼见暮色降临，此时在古代，你只能思考两个问题：一、在哪儿吃饭？二、今晚睡哪儿？突然眼前出现了一处房屋，你不会像《西游记》中的师徒四人一样觉得这荒山野岭怎会有人家，一定先是一惊。快步走上前，向房屋主人道明来意，请求吃饭和留宿，很明显，房屋主人已不是第一次接待这样的驴友或是迷路之人了。夜间刘长卿简单吃完饭准备歇息，严风刮地，雪花飘飘，天地之间不再有任何杂音，世间万象，始于自然，终归于自然。

“柴门闻犬吠”这一句强行转折，一个“吠”字，用得极妙！苍山一座一座，白屋仅此一处。夜间的山川万籁俱寂，突然的犬吠打破世界的宁静。本人曾被狗咬过，故而对狗的叫声略有研究，“叫”是互动，“嚎”是对话，“呜”是害怕，“嘤”是撒娇，“吠”是惊喜还伴随着龇牙咧嘴。为什么会犬吠？让最后一句“风雪夜归人”来解释。大雪的夜晚，四野难分路，千山不见痕，白屋的男主人为了谋求生活，在外忙碌一天，趁着夜色赶路，深夜才到家，他家的狗子故而狂吠。

这个回家的人为了生活实如钟摆，在痛苦与倦怠之间摆动，日日如此。“柴门闻犬吠，风雪夜归人”这两句是刘长卿躺在榻上听见的，给人以深深的震撼与共鸣！某年冬，西安城下着鹅毛大雪，我凌晨工作完后，已满地都是雪。我打不到车便步行归家，街边已是门店全关，口罩中呼出的热气液化，垂直向上形成“白气”直达眼镜，眼前不时一片模糊，于是不停摘下擦拭。脚下深一脚浅一脚，偶尔会踩到雪下污水，袜子全湿，头上全白，脑海里全是刘长卿的这句“风雪夜归人”。那一刻，我得承认，我也是在夜里崩溃过的俗人。

刘长卿胸怀报国之志，不愿趋炎附势，导致不断被贬。这中唐政坛犹如无尽的寒夜，而寒夜中被尚且有热情的人家收留，又顿感温馨；之后，听见晚归的人，他顿感世人均不易。侧躺在床上，眼泪划过鼻梁，流进另一只眼睛的感觉，我想我们都应该有过吧！苦难也罢，温馨也好，都来自我们不能左右的外部世界，作为个人只能孤寂地活着。读完这首诗，我只能想起五个字：“悲风透骨寒”。那个芙蓉山晚归的人，不是别人，正是刘长卿自己，也是现实生活中的我和你！

江雪

他是在钓寂寞还是在钓未尽的希望？

永州，位于湖南南部，境内地形复杂，山川河流犬牙交错，丘陵盆地纵横排列。一千多年前的中唐，柳宗元被贬永州十年。某年冬，大雪纷飞，如片片鹅毛，白茫茫笼罩四野，孤独的柳宗元写下了《江雪》一诗。

江 雪

［唐］柳宗元

千山鸟飞绝，万径人踪灭。
孤舟蓑笠翁，独钓寒江雪。

柳宗元出生于官宦世家，21 岁考中进士，成为长安名人，还没等到分配工作，父亲去世，守孝三年。

入仕后，年轻的柳宗元加入到唐顺宗的“永贞革新”中，此番改革遭到顽固势力的强烈反对，柳宗元因此被贬为永州司马。半年后，母亲又病逝。连续的打击让柳宗元陷入情绪的低谷。

人情绪的尽头不是骂脏话，不是发泄，而是沉默。柳宗元在永州举目无亲，只能写诗念佛。如果你遭受到了痛苦，不要逢人便讲，以求同情。因为一个独特的人，连他的痛苦都是独特的、深刻的、不易被人了解的，别人的同情只会把你的遭遇降低为平庸的烦恼。此后十年，当权者留在朝堂，革新者散落江湖。

永州这个地方并不是每年都下雪，也并不是每次雪都会下得很大，恰好这一年冬季被雪花划过天空的痕迹拉得漫长。“千山鸟飞绝，万径人踪灭”这朗朗上口的句子，开篇即气象壮阔。山中有鸟，路上有人，这是自然常理，但“千山”和“万径”用宏大的笔墨只为了表现“鸟绝”和“人灭”，但凡有一个活物整个画面都会乱。

极端的寂静需要有绝对的沉默来对应，于是有了

"孤舟蓑笠翁，独钓寒江雪"。镜头从千山和万径的远景一下拉回到近景，江面的孤舟上，披着蓑笠的渔夫，独自在漫天风雪中垂钓，江中的鱼早已藏身水底，怎会上钩呢？只能垂钓寒江之雪！

初学者看这首诗，犹如一幅古典的山水画，黑白两色勾勒出万籁俱寂的场景，小船、渔夫成了点睛之笔，静得深入骨肉。还有人说，把四句诗的第一个字连起来就是"千万孤独"，是贬谪多年后的绝望，真是这样的吗？我们来考证一下"渔夫"这个典故。

战国时期，屈原被楚王流放，在沅江遇到渔父。屈原说："举世皆浊我独清，众人皆醉我独醒。"渔父问："为何不随波逐流？"屈原说："自己宁愿跳入江中，葬入鱼腹，也不会蒙上世俗尘埃。"渔父不再理他，划着船远去。这个故事便是《楚辞》中的《渔父》，这篇文章对后世文学作品影响深远，渔父成为随遇而安的隐士形象。

唐诗、宋词，还有《水浒传》中都有渔父的痕迹。柳宗元借用独钓江雪的渔夫来表明自己超然于世吗？不见得！因为历史上还有一位叫姜子牙的渔夫，在渭水河边用没有鱼饵的直钩钓鱼，周文王访贤，姜子牙兴周八百年。难道柳宗元的心中还有不甘，不舍，还对长安抱有希望，不然鸟绝人灭的地方怎么还会有渔夫？他是在钓寂寞还是在钓心中未尽的希望？这么冷的天在那儿钓鱼，问他钓到几条鱼，他说精神至死不渝。

人表达的大多不是他所说的内容，而是渴望被理解的心情。这首《江雪》写完后不久，公元815年，中兴之主唐宪宗召柳宗元回京。兴高采烈的柳宗元只用时一个月，从永州跋涉一千二百多公里重回长安，但来日不一定方长，峰回也未必路转，朝中权贵极力反对重用柳宗元，他又被贬到广西柳州。沮丧的柳宗元又用时三个月从长安到达一千五百多公里外的柳州。

四年后，唐宪宗再一次召柳宗元回京做官，柳宗元心中一定万马奔腾，心想：玩呢？但心中的希望驱使着他从柳州出发，但不幸的是这一次柳宗元病逝于路上。那个独钓寒江雪的蓑笠翁，最终还是离开了那个漫天风雪的画面。你知道地狱里的魔鬼是怎么折磨轮回的灵魂的吗？不是各类刑罚，而是让他们有期待，有希望。

锦瑟
中国文学界的“哥德巴赫猜想”

《汉书·郊祀志》记载，相传远古时期，天上泰帝宫廷中有一仙女，泰帝邀请她鼓瑟（弹弦乐器，装饰华美的瑟称为“锦瑟”），锦瑟之上有弦五十根，弹出的乐曲异常悲哀，让人泣不成声。泰帝听后，让仙女将锦瑟的弦减少二十五根，以减少其哀怨程度。唐代诗人李商隐的巅峰之作《锦瑟》，其名便用到这个典故，当然这首诗原名叫作《无题》。

锦　瑟

[唐]李商隐

锦瑟无端五十弦，一弦一柱思华年。
庄生晓梦迷蝴蝶，望帝春心托杜鹃。
沧海月明珠有泪，蓝田日暖玉生烟。
此情可待成追忆？只是当时已惘然。

这首诗有三个特点，第一个是“绝美”，第二个是“用典”，第三个是诗意至今争论不休。梁启超曾言：“《锦瑟》讲的什么事，我理会不着。拆开一句一句叫我解释，我连文义也解不出来。”用现在的网络流行语来说，梁启超显然是老凡尔赛了，文义他不懂？打死我也不信。

这首诗写作的年代尚不确定，大致推测是诗人晚年的作品，所以这首诗应该是诗人回忆自己的一生。诗的前两句是“锦瑟无端五十弦，一弦一柱思华年”。其他瑟只是二十三弦、二十五弦，只有锦瑟是五十弦，它凭什么是五十弦，又凭什么勾起“我”的华年？因为与众不同，一如李商隐的与众不同，这五十弦犹如自己的一生，一弦一柱一触碰，都是作者的年华，都会奏出悲剧的音符。

“庄生晓梦迷蝴蝶”，《庄子·齐物论》记载，庄周梦见自己变成蝴蝶，蝴蝶翩翩飞舞，四处游荡，快乐而忘却自己，也忘却了是庄周本人所变化。庄周醒来后一瞬间，他有些迷惘，到底是自己在梦中变成了蝴蝶，还是蝴蝶在它的梦中变成了庄周？“晓”表示黎明，黎明前的梦短促而清晰，“迷”表示痴迷，梦境与现实，亦真亦幻，谁又能说现实不是梦境？“望帝春心托杜鹃”，古蜀国国王杜宇，称为“望帝”，他带领百姓安居乐业，治理水患，开疆拓土。《四川通志》记载，望帝因为政变下台，其后复位不成（一说隐居），死后化为杜鹃鸟，以叫声催促蜀人趁农时播种，一直要啼到口里出血。“庄生梦蝶”是少年的好奇和恍惚，生机与向往；“望帝春心”是中年的追求与执着，不甘和无奈。

“沧海月明珠有泪，蓝田日暖玉生烟。”西晋《博物志》记载，南海水中有鱼尾人身的鲛人，她的眼泪能化为珍珠。珍珠藏于蚌中，每当月明之时，蚌向月而开，得月之精华，方能晶莹剔透。但是泣（弃）珠被遗失在沧海，成为沧海一粟。“蓝田日暖玉生烟”是引用同时代诗人戴叔伦的“蓝田日暖，良玉生烟”。陕西蓝田县盛产美玉，玉石埋藏山中，阳光和煦时，蕴藏的玉气冉冉上升。这两句历来为人称道，单从美学来讲已是登峰造极，关键还用了大量的典故，押韵平仄符合格律，就像是穿着烦琐的礼服却跳出了最华丽的舞步！“沧海珠泪”表现了空旷的寂寞，是冷，是自己一生政治失意的惆怅，是江湖之远；“蓝田日暖”写出了高洁的品质，是暖，是自己仍对长安的渴望，是庙堂之高。但也只能是在蓝田，虽然靠近长安，但离长安终究还有一步之遥。

“此情可待成追忆？只是当时已惘然。”这样的遗憾是要等到追忆的时候才能伤感吗？不！当时就已经惘然！是在迷蝴蝶的时候；是在啼杜鹃的时候；是在珠有泪的时候；是在玉生烟的时候；是在晚唐政坛牛李党争，李商隐幸运成为“牛党”的得意门生，而又阴差阳错地成为“李党”的乘龙快婿，反复被排挤远离政坛的时候。情与义、真与幻、悲与喜、生与死，无不惘然，而又枉然！

当然，以上对《锦瑟》的解读也仅仅是参考各方资料所得，这首被誉为中国文学界的“哥德巴赫猜想”，一千个人读了就有一千种领悟，这或许是对一个文学作品最好的褒奖。当然，无论用怎样华美的文字，也无法解读《锦瑟》深层次的含义！另外，不知为何，每当我看到李商隐这个名字的时候，不由得心有悸动，泪光闪闪！

悯农

少年忧民、中年贪腐的李绅

公元786年，江苏无锡惠山寺下，烈日炎炎，一群农夫如往常一样，把锄头嵌进黑黄的土地中，背脊的汗水浸透了布衣，岁月的刀锋划开了阡陌，累了就在田边随地而坐。一个叫李绅的15岁学子与农夫交谈，农夫直言，虽收成不错，但赋税太重，一年的劳动换不来全家的温饱，李绅有感而发写下两首《悯农》。

悯 农

[唐]李绅

其一

春种一粒粟，秋收万颗子。

四海无闲田，农夫犹饿死。

其二

锄禾日当午，汗滴禾下土。
谁知盘中餐，粒粒皆辛苦。

这两首小诗因为意思直白，流传度极广，我们在小学课本、食堂和餐厅中常常能见到。第一首诗开头两句以具象的“一粒粟”“万颗子”表现丰收的喜悦，第三、四句画风突转，四海之内，官方划分的田地很多，金秋时节，农民收获的粮食也不少，但最后这些种粮的人还是有很多饿死了，为什么？这可是在唐代，那个历史上风评最高，盛世繁华的时代？其中原因我们需要从唐朝的土地政策说起。

北魏年间实行均田制，土地所有权归属国家，官府将土地丈量，按照农田、桑田分类，再按照人口分给百姓，百姓向政府交纳租税，并承担一定的徭役和兵役。唐朝继承了这一制度，农民可获得一定数量的田地。农民每年要给国家交的粮食叫“田租”，每个男丁还要定期服徭役，参与国家或地方的基建、工程、修陵等，叫“庸”，桑田每年给国家交的绵、布、绢叫“调”，合起来就是“租庸调”，这套制度在唐朝初年因为战乱刚平，休养生息，国家“租”和“调”征收都非常低，所以农民的幸福指数很高，唐朝也因此快速从“贞观之治”到了“开元盛世”。

事物的变化规律常是盛极而衰，安史之乱后，常年战争，地方节度使为了军饷而巧立名目，苛捐杂税十分烦琐，长此以往，民不聊生，国库收入锐减。地方豪强和官僚崛起，他们兼并土地，隐匿人口，百姓要么成为流民，要么成为豪强的奴隶。唐德宗年间，国家推行“两税制”，两税制分夏秋两次按照贫富差距来征收赋税，取消了其他杂税，短期内确实实现了国库财务自由，但该制度遭到了权贵的抵制，且国家不控制土地买卖、兼并，富人逼迫穷人贱卖土地，导致土地高度集中，两极分化严重。

《悯农》（其一）写于公元786年，是两税制实行的第七年。有了这个前提我们就知道为什么“四海无闲田，农夫犹饿死”。这些农民并不是自由农，而是富豪地主的打工人，田地不属于他们，一边给国家交税，一边还要把一年辛勤劳作的粮食大部分交给富豪地主，负担增长了数倍，饿死在所难免。

《悯农》（其二）描绘了一个烈日当空的正午，农民在田地里耕作，没有机械化的设备，没有牲畜任他驱驰，面朝黄土背朝天，锄头翻出了岁月的齿槽，汗珠滴落在土地的年轮。在农村，一早就要去地里干活儿，民间讲“一日之计在于晨”，不全是因为早晨的时间金贵，也因为农民要和太阳赛跑。每一粒米背后都藏着农民一年的辛苦，当时还有些农民因为没有粮食而饿死。

法国画家米勒的代表作《拾穗者》描绘了收割完的麦田里，三个农妇正在捡麦穗的场景。收割完麦子后，高昂的赋税转眼就让粮食化为乌有，她们生计都成问题，些许的麦穗或许能让她们的家里人吃一顿饱饭吧。

有人又要问了，农民饿死，唐朝的统治者不管吗？虽然封建社会主要的收入来自土地，但他们始终信奉——让农民“半死不活”是维持统治的秘诀！百姓如果到了人相食，就会揭竿而起，但凡有一口饭吃，谁也不愿铤而走险。国家一方面要保证百姓有饭吃，但又要避免百姓财富过多，财富过多就会对封建统治者有更高的要求，社会就会动荡。没有多余的财富，他们才会想着去创造，一辈子不停地劳作，到死为止。

15 岁的李绅处江湖之远而能忧民，确实让人敬佩，被称为“悯农诗人”。李绅后来飞黄腾达，一路官至宰相。富贵迷人眼，他开始鱼肉百姓，奢靡无度。李绅担任淮南节度使时，大量收取苛捐杂税，百姓苦不堪言，致使很多人背井离乡。当有下属汇报此事时，李绅说：“当两只手捧着麦子时，饱满的颗粒会留下来，秕糠会随风飘走，吹走的都是秕糠，没什么大惊小怪。”

其实，他或许早已忘记了自己也曾写过“四海无闲田，农夫犹饿死”。

早春呈水部张十八员外

哪位诗人拒绝了韩愈？

唐穆宗年间，镇州（今河北正定）藩镇叛乱，韩愈亲自前往，不费一兵一卒，说服叛军归顺。他回到长安后，被皇帝提拔为吏部侍郎。转年（823年）春，某日退朝之后，韩愈想约好友张籍一同踏春，没想到张籍说自己太忙，还有两个提案、要开几个会，所谓“塑料同事”便是如此。韩愈写了一首《早春呈水部张十八员外》，送给张籍，希望他努力工作的同时，也能看看春天的长安城。

早春呈水部张十八员外

［唐］韩愈

天街小雨润如酥，草色遥看近却无。

最是一年春好处，绝胜烟柳满皇都。

“水部”是古代管理水利工程的部门，张籍在家族中排行第十八，又曾任水部员外郎，所以诗的题目叫作“早春呈水部张十八员外”。诗的第一句“天街小雨润如酥”，“天街”有人说是西安的“朱雀大街”，我认为是今天的“南广济街”，“南广济街”在唐朝是“朱雀门”往北直通“承天门”的街道，叫作“承天门大街”，简称“天街”。在承天门大街两边分别是文武百官的衙署，是大臣们平时办公的地方，韩愈就是在这里忙完工作，出门赏春。“酥”是动物油，古代讲春雨贵如油，绵绵悠长，落在地上像给大街上抹了一层酥油。

“草色遥看近却无”，这句写得非常绝妙，初春时节，小草刚刚发芽，远处一看，略有绿意，但是走近之后太具象，反而稀疏平常，绿意全无。从科学的角度讲，这是因为视觉距离的问题，会填补一些色差。有句话叫“距离产生美”，就好像一幅世界名画，距离远处处皆美，你非要拿着放大镜看，全是马赛克。

“最是一年春好处，绝胜烟柳满皇都。”“绝胜”有两种解释，一种为绝对胜过，另一种为绝美胜景。

"烟柳"解释为暮春时柳絮如烟的情形。"皇都"是唐都城长安。一年之中最美的时节当然是此刻的早春，万物生机勃勃，比暮春时整个长安杨柳堆烟要好太多了。

其实诗歌的创作和诗人所处的环境、地位、近况有很大的关系，韩愈和张籍当时都是五十好几的人，已经快退休了，但韩愈无论是在兵部还是在吏部，都是能快速出成绩的，此时又在官场春风得意，犹如吃甘蔗上楼梯——步步登高节节甜，而张籍在水部相对来说显得寂寂无闻，且琐事太多，哪有闲心出门看草。恐怕张籍此处的内心活动是："还专门写首诗送给我，嘘寒问暖不如打笔巨款，来点实际的好吗？"

且不说张籍看完诗后是什么感觉，唐诗中，很多诗人喜欢赞美暮春满园春色的景象，韩愈反其道而行之，对于早春有细微的观察。同样是"春天"，有人讲出来表示意境悠远的"草色遥看近却无"，有人说出来表示"斗地主整副扑克一张不出"。如果在哪一个初春，我们城市的草坪上写着"除了春天，请勿入内"，或者"最是一年春好处"这样的句子，而不是"垃圾不落地，城市更美丽"，我觉得唐诗就没有白读。

清明

杏花村不在山西？

清明节取“万物生长此时，清洁而明净”之意，最早是二十四节气之一，唐朝正式成为国家节日，官员放假四至七天，方便上坟扫墓，踏青春游。对诗人来说，没有一个节气不可逾越，没有一个春天不能写作，于是就有了这首《清明》。

清　明

［唐］杜牧

清明时节雨纷纷，路上行人欲断魂。
借问酒家何处有？牧童遥指杏花村。

这是杜牧的名篇。我大学宿舍里曾有一个山西的同学，多次携带杏花村酒，在我面前炫耀，汾阳杏花村，杜牧有诗赞之，我礼貌地笑笑。等到凉菜吃尽，白酒下肚，我先给他普及杜牧，再用资料说明杜牧笔下的杏花村可能不在山西。

杜牧出生于京兆万年（今西安市长安区杜曲镇），他是个神转折的人。他的爷爷是三朝宰相杜佑，家世显赫，杜牧几乎是含着金钥匙出生。第一次转折，杜牧幼年家道中落，居于破庙，吃糠咽菜。第二次转折，由于他刻苦读书，才华横溢，26 岁考中进士，当时淮南节度使牛僧孺对他很是赏识，授予杜牧官职，眼看仕途平稳，但……命运又来转折了。

当时晚唐的政坛，有两派势力决定着大多数官员的命运，这两派势力分别是牛（牛僧孺）和李（李德裕），历史上把这场争斗叫作“牛李党争”。杜牧的家族和李德裕关系好，但杜牧接受的是牛僧孺派的官职。唐武宗年间，李德裕出任宰相，贬杜牧为黄州（今武汉新洲）刺史。公元 846 年，杜牧再被贬为池州（安徽池州）刺史。人生接连遭受打击，回长安遥遥无期，这年春，杜牧写下《清明》一诗。

诗的第一句“清明时节雨纷纷”，在杜牧之前，高适曾写“北风吹雁雪纷纷”，岑参也道“纷纷暮雪下辕门”，“纷纷”二字似乎形容大雪更合适，杜牧用“纷纷”形容春天的雨，既是思念与希望的绵延，又符合池州的气候。民间言江南之地：十年清明八年雨！有人说老百姓在这一天烧纸祭祀，故去的灵魂重返阳间，不宜阳光，故而有雨。当然封建迷信我们不提倡，从气象学来讲，清明前后，冷暖气流在江南交汇，因此造成连续降雨。我那位山西的室友后来在南方工作，清明纷纷细雨，令人增添愁绪。某次，他饮酒过量，在雨中漫步，对着天空将他被前女友抛弃的经历讲了一遍，顿时风停雨霁，深以为奇。他发信息告知我，我沉默半晌，回他一句：别光喝酒，搞点头孢吧！（警示：头孢与酒不能一同服用。）

第二句“路上行人欲断魂”，“行人”不是在斑马线上的人，而是出门在外或旅居，或踏青的人。行人为什么“断魂”？“魂”是一种精神状态，这里有三层意思：第一，清明追思，情绪较低；第二，烟雨苍茫，确实伤感；第三，一个行人客居他乡，倍感孤独。有此三点，这位行人应该怎么办呢？

第三句“借问酒家何处有”，哪有酒家？一个人去喝喝酒，一来避雨，二来暖身，三来酒家毕竟有店员、酒保，或许还有其他同样孤独的人。在酒家里，衣衫上料峭的春寒让它随风而去，雨滴亲吻着屋檐，美酒依偎着杯盏，生锈的情绪被打磨干净。第三句问酒家的时候，缺少宾语，问谁？第四句“牧童遥指杏花村”的“牧童”既是主语，又是第三句的宾语。“遥”这个字很有意思，不是“遥远”之意。表示酒家不近也不远，太近的话，不用“遥指”，太远指了也看不见。《辞海》《江南通志》均记载，唐池州以西，有一处杏花村，村中酒家众多，其中有个叫黄广润的酒商，自家院落里有井，井水胜似甘泉，故而开设酒馆，远近闻名。这首诗应写于池州杏花村。

全诗写完牧童遥指后，立刻收尾，毫不拖沓。接下来诗人怎么去酒家，酒家中遇到哪些人，喝了多少酒，全是留白，给读者更多想象。

故事讲完后，我山西的室友说：“如果是我，我就不会去找酒家，喝酒、唱歌、果盘等上千块都打不住吧？一盒感冒药才二十元，我会在雨中继续淋着！”我说道：“算了吧，但凡有一个异性约你出去，你现在也不会在这里听我讲唐诗！”

“清明时节雨纷纷，路上行人欲断魂。”千年佳句提醒我们不要忘了传统习俗，祭过往，敬远方！ 但随着年龄的增长，昔日亲朋，天各一方，聚少离多，有的甚至阴阳两隔。 我那位山西的室友，喜欢在雨中漫步，从骨子里透露出高冷，前段时间得知，他得了风湿性关节炎。

将进酒

仙风道骨，喝到入土

公元744年，李白被排挤出长安，郁郁不得志的他云游于江淮之间，结交了意气相投的岑勋（岑夫子）。两人携手去河南登封颍阳山居，在这里他们与另一位好友元丹丘畅谈人生，饮酒赋诗。李白的名作《将进酒》便写于此处。

将进酒

[唐]李白

君不见黄河之水天上来，奔流到海不复回。

君不见高堂明镜悲白发，朝如青丝暮成雪。

人生得意须尽欢，莫使金樽空对月。

天生我材必有用，千金散尽还复来。
烹羊宰牛且为乐，会须一饮三百杯。
岑夫子，丹丘生，将进酒，杯莫停。
与君歌一曲，请君为我倾耳听。
钟鼓馔玉不足贵，但愿长醉不愿醒。
古来圣贤皆寂寞，惟有饮者留其名。
陈王昔时宴平乐，斗酒十千恣欢谑。
主人何为言少钱，径须沽取对君酌。
五花马、千金裘，呼儿将出换美酒，
与尔同销万古愁。

这首诗名为《将进酒》，大多数人将“将”读“qiāng”，各种课本、读物上也都标的是“qiāng”，如果你在公众场合读“jiāng”，会被嘲笑没文化，你要反问他为什么，很多人张口结舌。但不少古文爱好者以及专家学者仍对“将”字的读音有争议，诗词泰斗叶嘉莹先生就认为，“将”是语气词，应该读

“jiāng”。如果你去问李白，李白也一脸懵，根据我国目前出土的敦煌本记载,这首诗最早的标题为“惜樽空”，“将进酒”是宋朝之后给这首诗取的汉乐府名字。

第一、二句“君不见黄河之水天上来，奔流到海不复回”，犹如疾风骤雨扑面而来。河南登封虽然离黄河不远，但李白的这两句明显夸张，黄河从天而降，势不可当，又奔流到海，无法挽回。一起一落，文字虽简练，但是调起得太高了，后面怎么接？第三、四句“君不见高堂明镜悲白发，朝如青丝暮成雪”，如果说第一、二句是从黄河的空间描写，第三、四句转入人生的时间描写，人生从青葱少年到花甲古稀，不过是一朝一暮之事，现实中我们常感叹时间都去哪儿了，李白告诉我们，黄河伟大，千年不停，而人生渺小，转瞬即逝。

如果说人生苦短，凡夫俗子应当如何度过呢？

李白说：“人生得意须尽欢，莫使金樽空对月。”得意之时要及时行乐，莫让无酒的空杯对着那皎洁的明月。及时行乐和借酒消愁有什么区别？李白告诉我们：“天生我材必有用，千金散尽还复来。”这句话引用孔子“天之生物必因其材而笃焉”的句子。意思是上天会根据不同的资质而厚待万物。李白对于没能在政坛上有所建树而耿耿于怀，也肯定自己将来一定能再回长安。“千金散尽”是花钱的本事，“还复来”是挣钱的本事，李白家境殷实，又有巨额的稿费，所以挣钱并不太难。此时李白已经微醺进入文学状态，微醺后的症状是什么？开始劝酒！“王牌吹瓶员”准备上场。

“烹羊宰牛且为乐，会须一饮三百杯。”李白的下酒菜绝非一碟花生米或是半斤猪头肉，而是烹一只羊，宰一头牛；李白劝酒也不是喝完这杯再来一杯，而是上桌每人三百杯！“烹羊宰牛”实写，“饮三百杯”虚写。接下来李白就点名了：“岑夫子，丹丘生，将进酒，杯莫停。”岑夫子，你不喝，我不喝，天下好酒往哪搁！丹丘生，你不醉，我不醉，门前大街谁来睡？李白如果现在做直播，绝对是酒类带货的头部主播！

此时的李白已经酣畅，进入哲学状态。“与君歌一曲，请君为我倾耳听。钟鼓馔玉不足贵，但愿长醉不愿醒。”兄弟们，你们先听我说，京城的富贵荣华怎么比得上醉生梦死，及时行乐，怎么比得上眼前的知己呢？“古来圣贤皆寂寞，惟有饮者留其名。陈王昔时宴平乐，斗酒十千恣欢谑。”从古至今的圣贤都会寂寞，当然这些圣贤也包括我李白，只有喝酒的人才能留下美名。三国时期的陈王曹植，大家知道吧？备受皇帝猜忌，难以施展理想，只能饮酒度日，这不就是我李白吗？

此时的李白已经酩酊，进入神仙状态。“主人何为言少钱，径须沽取对君酌。五花马、千金裘，呼儿将出换美酒，与尔同销万古愁。”有人问李白：“余生饮酒度日，有那么多钱供你挥霍吗？”李白回答：“今晚全场消费由我李公子买单，钱不够？ 五花良马，千金貂皮，叫侍童都拿去换酒，让我们一起用酒来消除这世间无尽的忧愁！”“同销”是此时此刻的空间，“万古”是有史以来的时间，而“愁”是建立在时间和空间上的人的情感。 此刻的李白，手不是手，是天下九州；头不是头，是旋转的地球。

人生快意之事，莫过于有一两个知心好友，饮一场传世好酒。 这首《将进酒》被誉为大唐最狠的劝酒诗，面对如此气势，你敢不敢和李白喝一次酒？ 陈酒味醇，老友情深。 仙风道骨，喝到入土。 只是这“天生我材”“千金散尽”的背后，是功业未成，是赐金放还；狂欢的背后，是挥之不去的绝望和忧愁，年华与白头，自由和伤口，都是对长安无尽的等候。

绝句

文字运用的天花板

公元763年春，安史之乱平定，诗人杜甫在剑南节度使严武的帮助下，再次回到成都。草堂的清晨，春意盎然，眼前之景，吐故纳新的柳树与欢快鸣叫的黄鹂，让杜甫忍不住吟一首《绝句》，28个字浅显易懂，但文字运用水平极高，堪称天花板级别。

绝　句

[唐]杜甫

两个黄鹂鸣翠柳，一行白鹭上青天。
窗含西岭千秋雪，门泊东吴万里船。

这首诗无须翻译，文字直白，意思大家都能看懂，主要看诗人神奇的构图和背后的含义。第一句

“两个黄鹂鸣翠柳”包含了三层含义。第一层：横向是“两个黄鹂”，纵向是“翠柳”，一横一纵，诗歌的镜头变得立体，这是构图；第二层：柳树相对是静止的，黄鹂是灵动的，动静结合，“鸣”字让画面足够鲜活，这是写物；第三层：黄鹂是候鸟，每年都会飞到南方过冬，漂泊一整个冬天再飞回来，这里暗喻着杜甫因为安史之乱漂泊好些年，终于在成都安定下来，“柳”与“留”谐音，表示杜甫要在成都久留，这是自喻。好的文字，就像顶级厨师用简单食材做出的精美佳肴。

第二句“一行白鹭上青天”，对仗上一句，仍然有三层意思。第一层：纵向是“一行白鹭”，横向是“青天”，一纵一横，镜头开始拉远，由下而上，白鹭和青天远远开阔于黄鹂和翠柳，这是构图；第二层：天空是相对静止的，白鹭在飞翔，动静结合，“上”字一改杜诗沉郁的风格，积极向上，这是写物；第三层：白鹭这种动物喜欢在水边觅食，完毕后会依次起飞，所以有了“一行白鹭上青天”的场面，这里的“青天”表示皇帝或朝廷，白鹭脚长，飞行时脚显得很高，古代“高脚”与“高洁”谐音，故而很多人把白鹭比喻为高洁之士。杜甫这位高洁之士，在成都受到剑南节度使严武的邀请，做了小官。严武是中唐风云人物，出将入相，杜甫希望严武是领头的白鹭，跟随他扶摇直上，飞得更高。

第三句“窗含西岭千秋雪”，“窗含”表示由窗户往外看，外面的景色好似镶嵌在窗户中，就像裱好的画。西岭雪山，位于成都之西大邑县，最高峰海拔五千多米，终年积雪不化，为成都第一峰。诗人曾励志大展宏图，不曾想一生碌碌无为，政治上的抱负犹如这西岭积雪，一层一层压在心头。有趣的是此后经年西岭雪山上一棵古树被雷电劈中，形成一位老者的样子，后人盖亭纪念，称为“杜甫亭”。还有一层含义，雪山在西，那窗户必定在东，东窗在古代是读书之地，暗喻诗人此刻正发奋读书，等待朝廷的重用。

第四句“门泊东吴万里船”，“门泊”，门前停泊。“东吴”指江苏、浙江、安徽一带。“万里船”表示不远万里开来的船只。上一句尚在积雪中惆怅人生，这一句展示出安史之乱后，战乱平息，各地之间的船只已经开始通行，一片生机勃勃的样子，诗人的春天是不是也要到来了呢?

诗人为什么要写东吴而不是其他地方呢？原来三国时期，东吴有个棋士叫严武，和提拔杜甫的剑南节度使的名字一样，东吴的严武号称“棋圣”，而杜甫后来被称为“诗圣”，冥冥之中似乎就是天意吧！杜甫在这里把自己比喻为一颗棋子，坐上四川严武的船，同舟共济，而船行驶在水中，水中倒映着青天，青天就是杜甫心心念念想去追求的仕途。

这首诗这样解读完，似乎还差一点儿意思，《绝句》之所以是文字运用的天花板，在于其强大的结构，因为这四句诗包含了动物（黄鹂、白鹭）、植物（柳）、方位（西、东）、地名（岭、吴）、颜色（黄、翠、白、青）、视觉（由近及远，由下而上）、听觉、数字、时间（千秋）、空间（万里）、虚实（两个黄鹂和一行白鹭为实，千秋雪和万里船是虚）。这些元素叠加在一起，丝毫没有雕琢的痕迹，大师手笔，出手不凡，关键这首诗的意境不是三言两语就能说清楚的，这是“托物言志”这个类别中的王者，读者如果只是简单地背诵或者浮光掠影地翻阅，很难察觉作者的苦心孤诣。

有人说，你是不是在过度解读这首诗？可能吧！但我喜欢这样解读！解读一首千古流传的绝句，解读一位等待浪漫春天的诗人。

家国天下

为什么要读诗？
因为诗里面有我们
华夏历史未尽的梦！

寄李儋元锡

文人做官的良心之言

唐德宗年间，诗人韦应物离开长安去滁（chú）州（今安徽滁州）做刺史。一年后太尉朱泚（cǐ）造反，唐德宗被迫离开长安。在这种政治环境下诗人收到长安好友李儋（dān）的问候，于是作诗《寄李儋元锡》。

寄李儋元锡

［唐］韦应物

去年花里逢君别，今日花开又一年。
（另一版本写作：已一年）
世事茫茫难自料，春愁黯黯独成眠。
身多疾病思田里，邑有流亡愧俸钱。
闻道欲来相问讯，西楼望月几回圆。

首先这首诗的标题就有疑惑，有资料说李儋、元锡是韦应物的两个好友，也有资料说李儋，字元锡。至于是一个人还是两个人，并不妨碍我们欣赏这首诗。韦应物是长安城南韦曲人，长安对他来说，不仅是唐帝国的都城，还是自己的故乡。当时的唐朝在安史之乱后，民生凋敝，藩镇割据，又逢“泾阳兵变”，叛军杀进长安，拥立太尉朱泚为帝。韦应物在滁州听说了此事，立刻派人去打听长安城中自己的亲友是否安全，写这首诗的时候，打探的人还没有回滁州，所以韦应物当时应该很焦虑。

“去年花里逢君别，今日花开又一年。”去年此时，花团锦簇，好友送别，分隔两地，今年花又重开，已然过去一年。生活就是这样，一边回忆，一边继续，时节如流，岁月不居。“世事茫茫难自料，春愁黯黯独成眠。”“世事茫茫”一是指自己，晚年还被下放在外地做官，未来如何不得而知；二是指朋友李儋，不知在长安还好不好；三是表示国家目前战乱，能想象到的是满目疮痍，战火纷飞。有此三点茫茫一片，虽然春意款款，诗人仍然孤枕难眠。

“身多疾病思田里，邑有流亡愧俸钱。”到滁州做刺史是韦应物第一次在外地做官，此时他已经到了退休的年岁，功能全衰退，躺着睡不着，坐着打瞌睡。中国文人心中一直有个隐居的梦想，怀才不遇可以隐居，功败垂成可以隐居，名利双收后亦可以隐居。在这里韦应物动了归去来兮、隐于田园的念头。但他在地方任职这一年，看到了因为国家对地方的控制力下降，导致军阀战乱，流民来了又走，走了又来，百姓衣不蔽体，自己只能勉强帮助他们。如果选择隐居，便是愧对流亡的百姓，更愧对国家的俸禄。“身多疾病思田里，邑有流亡愧俸钱”这两句被后世高度赞誉，认为这是文人做官的良心之言，范仲淹称这两句为“仁者之言”。

“闻道欲来相问讯，西楼望月几回圆。”听说你（李儋）想到滁州来看我，我已经到西楼上去了好几次，极目眺望，几次月圆都没见到你。诗写到这里，就此收笔。一个垂垂老矣的官员，想有所建树，却受制于乱世凶年；想辞官回家，却不忍黎民百姓受苦；

想找人倾诉，朋友远在千里。

这首诗以“忆分别”开始，以“盼重逢”结束。朋友，我很挂念你，希望我们能早点儿相见，结果春天比你先来了，可如果你来，春天不值一提。

出塞

唐诗七绝压卷之作

公元724年，在嵩山脚下，27岁的王昌龄回头凝望这个生活了好些年的地方，他曾在此修道，差点儿被拖进少林寺做了和尚，还好他年轻气盛，尘缘未了。接下来，他历时两年，从中原经过关中去往河西走廊，一边打卡大漠，一边戍守边疆。在此，他写下了两首著名的《出塞》，其中一首如下：

出塞（其一）

［唐］王昌龄

秦时明月汉时关，万里长征人未还。
但使龙城飞将在，不教胡马度阴山。

《出塞》（其一）开篇“秦时明月汉时关，万里长征人未还。”这两句先从景物入手，单刀直入，开门见山。“秦时明月汉时关”如果按照字面解释，秦时的明月和汉朝的边关，就太没意思了。这里作者用了一个叫“互文见义”的写作手法，把秦、汉、月、关交替使用，明月柔和，关隘险峻，刻画出边关的苍凉画面，秦朝屯军守边，汉朝锐意进取，都有一个共同的目的——抵御外敌，保家卫国，而边关的战事从秦汉到隋唐，从未间断过。

“万里长征人未还”，唐朝长安城西边偏北的城门叫作“开远门”，这是隋唐丝绸之路的起点。开远门外，唐朝官方立有石碑，上面写着“西极道九千九百里”，意思是从开远门到唐朝西边的领土可达九千九百里。由此可见，王昌龄的“万里长征”并非虚数，乃是实指。前一句的“秦、汉”突出了时间久远，后一句的“万里”说明了空间的宏大，“人未还”表示参与战争的人十之八九未能返回，岁月的静好是用边疆将士的鲜血换来的。如何能解决人员伤亡的问题呢？后面给出了答案。

“但使龙城飞将在，不教胡马度阴山。”如果有“龙城飞将”这样的人才，定不让胡人的铁骑跨越过阴山。这一句争议很大，谜团主要集中在“龙城飞将”是谁？有人说是汉朝大将李广，因为李广被誉为“飞将军”。但是问题来了，李广武艺高强，箭术无双，但是汉匈之战时，李广表现平平，或失败，或被俘，或迷路，因此才有了“李广难封”的说法。第二种说法，袭击匈奴龙城的是汉武帝时期的另一位名将卫青。

公元前 129 年，匈奴大军入侵上谷郡（今河北张家口），急报传入长安，此时的汉王朝隐忍多年，汉武帝第一次决定和匈奴正面决斗，于是安排大将公孙敖、李广、公孙贺、卫青各领兵马迎敌，结果公孙敖、公孙贺两路皆惨败，李广不输不赢，只有卫青长驱直入，直捣龙城（匈奴祭祀天地、祖先、鬼神的地方，是匈奴的政治中心），并斩杀数千人，取得对匈奴反击的第一场胜利。汉武帝封卫青为“关内侯”，此后卫青、霍去病等将领一发不可收拾，长征万里，金甲磨穿。数次北击匈奴，收复河套地区，打通河西走廊，匈奴远遁，漠南无王庭！龙城飞将，卫青当之无愧！公元前106年，卫青病逝，汉武帝为彪炳其千秋战功，令其陪葬茂陵，并将其墓冢修建成阴山之形状。疑问到这里似乎得解，但事情似乎还有转折。

北宋王安石曾编有一本《唐百家诗选》，在这本书中将王昌龄的《出塞》（其一）写作：“但使卢城飞将在，不教胡马度阴山。”其余版本均记载为“龙城”。关键是唐朝平州真的有个地方叫“卢龙县（今河北唐山喜峰口）”，这个卢龙县正是汉族与北方及东北方民族频繁交战之地。

“喜峰口”的名字有来历，相传当年有人从军，多年未归，音讯全无，其父担心孩子安全，便亲自去边关寻访，最终二人相会于此处，喜极而泣，泣极而亡，因而得名为“喜峰口”。汉朝喜峰口归于右北平郡管理，李广刚好是在守卫右北平的时候，匈奴不敢来犯，称其为“飞将军”。如果王安石的记载无误，“卢城飞将”指的就是李广。况且阴山山脉虽然起源于西北，但一直绵延到东边，不教胡马度阴山，也能解释通。当然在面对有争议的话题时，很多人提出了第三种和稀泥的说法，“龙城飞将”指的是卫青、李广、霍去病等一批保家卫国的优秀将领集合，这种解释让人无话可说。

王昌龄存诗 181 首，以七绝为主，号称“七绝圣手”。王昌龄写这首《出塞》（其一）时，高适尚未参军，岑参还是孩童，作为盛唐边塞诗的先驱，《出塞》（其一）以劲健奔放、雄浑豪迈的风格，赢得了后世不少赞誉。明代文学家杨慎这样评价《出塞》（其一）：“此诗可入神品！”清代学者宋宗元言道：“悲壮浑成，应推绝唱！”明代诗人李攀龙称此诗为“唐人七绝的压卷之作”，什么是压卷之作？就是这首诗一出，就压着其他七绝诗人，不要内卷了，因为我是“卷王”！

唐

蜀先主庙

听说有人洗白刘禅？

新莽末年、东汉初年，军阀公孙述割据四川。在重庆一带因有水井常冒出白气，形似白龙，公孙述以为奇，自称“白帝”，并将此城命名为“白帝城”。三国时期，刘备夷陵惨败，退守白帝城，在此托孤诸葛亮，后人在白帝城建有祭祀刘备的先祖庙。唐代诗人刘禹锡曾在重庆做过夔州刺史，游览白帝城时写下《蜀先主庙》一诗。

蜀先主庙

[唐]刘禹锡

天地英雄气，千秋尚凛然。

（“天地”一作“天下”）

势分三足鼎，业复五铢钱。

得相能开国，生儿不象贤。
凄凉蜀故妓，来舞魏宫前。

本诗标题“蜀先主庙”，“蜀”表示蜀汉政权，历史上称“汉”的王朝政权很多，为了方便区分，故而有了东汉、西汉、蜀汉等。“先主”指的是刘备，这是《三国志》里的称呼。《三国志》作者陈寿虽曾任职蜀汉，但后来成了东晋的史官，东晋的皇位是曹魏禅让的，所以曹魏是正统，蜀汉开国之君刘备被称为“先主”，其子刘禅被叫作“后主”。诗的前两句“天地英雄气，千秋尚凛然”，开篇即气势入云天，英雄刘备可谓顶天立地，历经千秋依然威风凛凛。

近些年，有些人在网络上花式贬低刘备。其实没有一些阅历是很难看懂刘备的。刘备从征战黄巾军开始，到登基称帝，前后用了 31 年。他投奔过刘焉、公孙瓒、陶谦、曹操、吕布、袁绍、刘表。他惶惶如丧家之犬，恓恓如漂泊之萍。为了活命，他曾丢掉过妻子，丢掉过兄弟，甚至装死逃生。他性格刚毅，不满督邮的盘剥而鞭打之，弃官不做；也爱惜百姓，逃跑时携民渡江，以致追兵到来；他优柔寡断，在刘表手下迟迟不肯夺取荆州，导致机会一再错失；他也忍辱负重，一次一次从头再来。他开局一个人，装备全靠打，但四海之内又都是他结交的豪杰。正史中，他是弘毅宽厚的英雄；演义里，他是匡扶汉室的皇叔；而在标新立异的专家口中，他是虚假托孤的伪君子！《三国志·先主传》里曹操一句："今天下英雄，唯使君与操耳！"难道还不配为刘备正名吗？

刘禹锡对刘备可谓推崇备至，这首诗的前四句概括了先主一生的功绩，"势分三足鼎，业复五铢钱。""五铢钱"是汉武帝时期的货币，这里表示刘备兴复汉室。"得相能开国，生儿不象贤。"刘备三顾茅庐得诸葛亮辅佐，拜其为蜀汉丞相，可惜刘备死后，继位的刘禅不像父亲那样贤明。近些年还有一些人为刘禅洗白，认为他大智若愚，是圣主明君。这些洗白的人为了流量也真是不择手段，他们论述的点在于诗的最后一句"凄凉蜀故妓，来舞魏宫前"。

《三国志》记载，曹魏权臣司马昭宴请投降的刘禅及蜀汉降臣，席间特意安排蜀汉的歌女组团唱跳，其他人都为亡国感到悲伤落泪，只有刘禅喜笑自若。司马昭问刘禅："安乐公，很思念蜀国吗？"刘禅回答:“此间乐，不思蜀也！”蜀汉旧臣郤正悄悄对刘禅说:“如果晋王司马昭再询问，您可以说，先祖坟墓远在西蜀，每日都想念。”过了一会儿，司马昭再问同样的问题，刘禅按照郤正的话回答，司马昭又问:“你的话怎么这么像郤正的口吻？”刘禅大惊，回答:“对对对，就是他教我说的！”众人大笑。这个故事后来引申出成语“乐不思蜀”。

很多人从这里得出刘禅有大智慧，这样才不会被杀，提出这种观点的人，脑子可能坏掉了。司马昭不杀刘禅的根本原因有两点：一、靠着对刘禅的优待，换取东吴的投降；二、留着刘禅来证明自己灭蜀汉的功劳，对以后篡权做好基础。后来东吴国君孙皓投降，晋武帝司马炎说:“我在这儿给您设了一个座位很久了。”孙皓回答:“我在南方，也给您设了这么一个座位！”贾充说:“听说您在南方滥用酷刑，非常暴戾！”孙皓顶他一句:“酷刑是给那些弑君造反的人定制的！”（贾充曾杀魏帝曹髦）孙皓的话让司马炎和贾充哑口无言，但这并不影响孙皓寿终正寝。刘禅和孙皓生杀大权握在人家手里，无论正面刚还是装弱智，都不会影响结局。

让人惋惜的是，一世英雄的刘备，殚精竭虑的诸葛亮，将奋斗一生得来的半壁江山交到刘禅手里后，刘禅却在成都尚有钱粮兵马，剑阁仍有姜维援军的情况下国灭身俘。司马昭曾说：“刘禅这人亡国被俘，葬送了一代人的努力，每天还乐得逍遥，人能无情到这个地步，也是极品，诸葛亮尚且不能辅佐其长久，何况姜维呢！”

从军行

为什么每个诗人都要斩楼兰？

公元448年，北魏太武帝拓跋焘命大将万度归出兵西域，万度归带着五千轻骑兵快速进入楼兰国，军士秋毫无犯，而楼兰国王自知无力抵抗，请降。这个存在六百多年的古国自此灭亡。二百多年后，唐代大诗人王昌龄在戍边时，写下一组《从军行》的诗，其中第四首如下：

从军行

[唐]王昌龄

青海长云暗雪山，孤城遥望玉门关。
黄沙百战穿金甲，不破楼兰终不还。

王昌龄的边塞诗就像摇滚乐一样，上来先用辽阔的大景来控场。前两句“青海长云暗雪山，孤城遥望玉门关”中，连续提到三处地名。青海，隋唐时期游牧民族“吐谷浑”所在地，是大唐与西域、吐蕃（bō）、漠北联系的必经之路。公元634年，唐太宗派兵分两路进攻吐谷浑，这一仗，大唐云集了李靖、侯君集、李道宗、契苾（bì）何力等一流武将，吐谷浑国王自缢而亡，河西走廊及青海全境归于大唐。“雪山”指的是祁连山，这是青海东北部的山脉。公元前121年，汉武帝两次出兵河西走廊，年轻的将领霍去病孤军深入，在祁连山斩杀匈奴三万人，迫使四万人归顺大汉，生擒匈奴五王，并押送浑邪（yé）王至长安。至此匈奴再无力控制河西走廊，他们这样唱道：“失我祁连山，使我六畜不蕃（fán）息！”

汉武帝在河西走廊上设置武威（武功军威）、张掖（张中华之掖）、酒泉（城下有泉，其水若酒）、敦煌（恢宏盛大）四郡。在敦煌通往西域处，设置阳关和玉门关。“玉门关”，据说是西域和田玉进入中原的主要关口，因此而得名。青海上空，长云弥漫，横亘绵延的祁连山，因为云雾遮挡而隐约可见，翻过雪山，孤城一座，再往西看，便是玉门关。从青海至玉门关相距千里，昏暗而又磅礴的画面，暗示了这里发生过非比寻常的战争。同时，“孤城”也表现出大唐将士面临的险境。

“黄沙百战穿金甲，不破楼兰终不还。”“黄沙”表示戍边将士生活艰苦，“百战”意味着战斗频繁，“百战”以至于“穿金甲”，一方面告诉读者战争极为惨烈，另一方面也表现出将士无惧生死，在黄沙滚滚中愈战愈勇的心态。“不破楼兰终不还”是一句誓言，因为楼兰国在北魏时期就已经被灭了，随后消失在大漠中，这里的“楼兰”泛指侵扰边境的少数民族政权。

如果您经常读诗词，会有一个发现，诗人们对于“斩楼兰”似乎很感兴趣。比如李白写“愿将腰下剑，直为斩楼兰”，岑参也有名句“愁杀楼兰征戍儿”，高适在送别诗中还不忘“剑术指楼兰”，就连杜甫也来凑热闹“属国归何晚，楼兰斩未还”。辛弃疾写道：“且挂空斋作琴伴，未须携去斩楼兰。”刘过词中言“不斩楼兰心不平”等等。楼兰国如果生存到唐朝，它的国王必定一脸懵圈，“挨着大唐那么多国家，为啥单单针对我？凭什么让我上热搜？”

楼兰国，地处新疆巴音郭楞蒙古自治州若羌县，楼兰国的北边挨着甘肃，南边相邻青海，虽然是个小国，但却是丝绸之路的要冲。楼兰国在《史记》中一共出现过三次，其中两次都在挨打。《史记·匈奴列传》记载，冒顿（mò dú）单于曾给汉文帝写信一封，信中交代自己已经把楼兰、乌孙等二十六国打服，他们全部归顺于匈奴。《史记·卫将军骠骑列传》记载，公元前 103 年，西汉将领赵破奴率军痛击楼兰，并俘虏楼兰国王。

楼兰国被连续打击的原因，除了地理位置外，更多是因为自身不够强大。当时西汉和匈奴先后强大，楼兰国投靠匈奴，被汉朝暴揍；投靠西汉，被匈奴摩擦。楼兰国属于风箱里的耗子——两头受气。汉昭帝年间，楼兰被匈奴逼迫，杀了汉朝的使者。汉朝又派出另一位使者傅介子去西域解决此事，傅介子这人是个暴脾气，到达楼兰国，在酒宴上直接杀死了楼兰国国王，并威胁楼兰臣民，汉军即刻就到，你们若反抗，顷刻间灰飞烟灭。傅介子把楼兰国改名为“鄯（shàn）善国”。东汉时，班超出使鄯善国，当着鄯善国国王的面，连夜杀掉匈奴使者，成语“不入虎穴，焉得虎子”就发生在这里，可见当时汉朝之强盛，鄯善国之卑微。也因为楼兰国反复无常，后来文学作品才都要“斩楼兰”“破楼兰”。

如今争斗已成历史，西域重归安宁。当我们再次涉足河西走廊，踏入楼兰古国，北望雄关万里，千载浩荡长风，我们能想到王昌龄的这首《从军行》，想起一腔热血建功立业的汉唐军士，还有当年的玉门关，驼铃声声，商贩往来，丝路古道，至今仍在。

和贾舍人早朝大明宫之作

如何用一句话概括唐朝长安？

公元758年春季的一天早晨，天刚蒙蒙亮，唐朝中书舍人贾至在大明宫外等候多时，他和群臣准备上朝，闲来无事，吟诗一首，送给同事。他的同事岑参、杜甫、王维都相继和诗回赠，其中王维的《和贾舍人早朝大明宫之作》最为有名。

和贾舍人早朝大明宫之作

[唐]王维

绛帻（jiàng zé）鸡人报晓筹，尚衣方进翠云裘。
九天阊阖（chāng hé）开宫殿，
万国衣冠拜冕旒（miǎn liú）。
日色才临仙掌动，香烟欲傍衮（gǔn）龙浮。
朝罢须裁五色诏，佩声归到凤池头。

本诗标题中的“和”表示和诗，就是别人写诗，我按照别人的规格再写一首，这样他有来言，我有去语。贾舍人指的是贾至，第一句“绛帻鸡人报晓筹”，唐朝上朝的时间是卯时（早上五至七点），各级官员们以及来自世界各地的使者陆续从长安城里坊中到达大明宫外。大明宫正南门叫作丹凤门，丹凤门东西两边有望仙门和建福门，两座城门外各有一座下马桥，文武官员在此下马，步行至百官待漏院休息。时辰一到，大明宫中有一名卫士戴着绛帻出现，“绛帻”就是一种红色类似于鸡冠的头巾，这名卫士叫作“鸡人”。鸡人不仅是做cosplay表演秀，还要扯着嗓子像公鸡一样报晓，这一声嚎叫必须声如洪钟，雷霆万钧，至此宁静的大明宫开始了新一天的工作。报晓完毕后，各级官员按照官级等候排队，从丹凤门进入大明宫。“晓筹”是夜间用来计时的器具，可以理解为闹钟。

“尚衣方进翠云裘”，这一句镜头一转，从宫殿外转移到宫内，春天的长安城早上仍然较冷，所以尚衣局的工作人员为皇帝准备了一件加绒的皮革龙袍，上面绣着的龙穿梭于翠绿的浮云上。唐朝皇帝天不亮就要起床，倒不是辛苦的问题，而是古代没有电视机和手机，天黑就早早睡下了，自然醒得早。

“九天阊阖开宫殿”这一句镜头再次转向丹凤门外，“九天”形容天宫之阔，“阊阖”指天宫的正门。这里是借用天宫来比喻大明宫。大明宫位于唐长安城东北的龙首原上，占地面积约350公顷，有50多座殿堂和楼阁，是当时世界上面积最大的宫殿建筑群，号称“万宫之宫”。大明宫一分为二，南边是外朝（皇帝及大臣办公之处），北边是宫城（皇帝及后妃居住之所）。大臣们从丹凤门进入，东西两边是长长的“龙尾道”，连接着高耸的含元殿（国家重大朝会之地），穿过含元殿，跨过宣政门，经过巍峨的宣政殿，到达紫宸门，官员们由此而入，进入紫宸殿。一路向北，宏伟的宫殿，高大的城门，每开一门，便增加一层皇权的威严，“九天阊阖”的天宫也不过如此吧！

“万国衣冠拜冕旒”，在这里大臣们终于见到了皇帝，内外两组镜头合二为一，众大臣和各国使者纷纷向戴着礼冠的皇帝磕头。“衣冠”指的是文武百官，“冕”指的是帝王戴的皇冠。在古代，平民或等级低的人只能戴头巾，比如前面那个“鸡人”；而有身份有爵位的人要戴“冠”，就是帽子，天子既可以戴“冠”，又可以加“冕”。“旒”是皇冠前面垂在眼前的玉串，这个玉串会挡住帝王的眼睛，意味着帝王要独具慧眼，不该看的别看。“冕”代表身份尊贵，“旒”意味着要分辨忠奸。“九天阊阖开宫殿，万国衣冠拜冕旒”这两句历来被誉为描写唐朝长安最恰当的话，气势非凡，尽显盛世气象。

“日色才临仙掌动，香烟欲傍衮龙浮。”“仙掌”是皇宫中的一种仪仗，跪拜完皇帝后，初升的红日把第一抹光洒到殿上，皇帝的仪仗整齐排列，御用的香炉轻烟袅袅，飘向了皇帝的龙袍，一派祥和。

“朝罢须裁五色诏，佩声归到凤池头。”“朝罢”表示朝会结束了；“裁”表示拟诏；“五色诏”是指用五色纸写的诏书。“凤池”这里有两种说法：一种是禁苑（大明宫之北）中凤凰池，另一种表示宰相。最后两句是写贾至，贾至对自己的工作很满意，甚至得意，所以他在原诗中写道：“共沐恩波凤池里，朝朝染翰侍君王。”而王维在这最后两句对他略作调侃。朝会结束了，皇帝一般还会点名，某某宰相、某某将军到禁苑开个小会。注意，中国人开会，人越少决定的事情越大。贾至作为中书舍人，负责给皇帝起草诏书，做会议记录，所以他提前准备好五色纸，一路小跑到禁苑凤凰池，紫宸殿到凤凰池的距离，是丹凤门到紫宸殿的两倍，但贾至已经充分做好运动步数第一的准备，跑步的时候，腰间的玉佩来回碰撞得叮叮当当，像极了三十年前，我的父亲那一辈人在腰间别一串钥匙，走起路来哗哗啦啦，十分引人注目。

早朝前，星辰开道，朝臣吟诗等待面圣；早朝时，阳光不燥，紫宸殿里万国来朝；早朝后，环佩叮当，中书舍人引以为豪。这就是长安，雍容伟丽令人向往。唯有盛世，才有九天阊阖之喻；唯有大唐，才有那锋芒毕露的宫殿；唯有大唐，才有那脱颖而出的诗人。壮哉，大明宫！壮哉，大唐！

宫词

立意最高的宫怨诗

唐武宗病重时，他最宠爱的孟才人侍奉左右。唐武宗问她："如果我死了，你咋办啊？"孟才人说："如果陛下都不在了，我就不活了。"唐武宗说："我死之前，还想听你唱一首《何满子》。"孟才人哽咽着唱起动人的曲子，唐武宗在歌声中咽气，孟才人悲伤数日后亡。唐代诗人张祜为孟才人殉情写诗三首，其中两首都叫作《宫词》，下面是其中的一首。

宫词(其一)

[唐]张祜

故国三千里，深宫二十年。
一声何满子，双泪落君前。

据说张祜写这首诗的时候，反复雕琢其中的字词，达到忘我的地步，写完后对着空气挥了两拳，他老婆一脸惊讶，大叫道：“你这厮疯了？”张祜笑道：“没事，我就想用一首诗干翻这个世界。”

《宫词》（其一）这首诗虽然背景是孟才人的故事，但实际写的是古代封建皇宫中所有女性的宫怨诗。古代皇宫中的女性分为四类：宫女（皇宫中的底层服务人员）、女官（管理宫女的中层干部）、乳母（皇子、公主的奶妈）、后妃（帝王的妻妾），这些女性从少时就被选进皇宫，一生中除了少数后妃能得到皇帝青睐外，大多数人耗尽青春，最后老死宫中。她们没有爱情，没有自我，没有未来，还要忍受上级的压迫，遭遇残酷的宫斗。

“故国三千里，深宫二十年。”西汉初期，皇宫中只有几十位宫女，而到了唐朝最顶峰时，宫女多达数万人。对这些女性而言，一入宫门深似海。故乡远隔三千里，皇宫限制了她们返乡探亲的权利，故乡只存在于幼时遥远的记忆里。“三千里”是空间之远，“二十年”是时间之久，两者叠加，幽怨更重，悲情更浓。司马相如的《长门赋》、纳兰性德的《木兰词》是讲女性被帝王抛弃，继而失宠落寞，而张祜的这首《宫词》（其一）却立意更高，从封建制度上直接表明她们悲剧的原因。

《唐诗纪事》记载，唐玄宗时期，皇宫中有一个著名的女歌手叫何满子，但不知触犯了什么律法，被判斩首。临刑前，何满子用一曲悲愤的歌曲为自己送行，歌声一出，刑场鸦雀无声，苍天白日都显得黯然失色。唐玄宗怜其才，降旨赦免何满子死罪。这个故事也让后世的文人纷纷以何满子作为写作对象，白居易、苏轼、晏几道都有《何满子》的名篇流传。

“一声何满子，双泪落君前。”一曲《何满子》的悲歌，两行眼泪划过脸庞，滴落在唐武宗面前。“一声”是声音，“双泪落”是动作，与前两句中的“三千里”“二十年”都是量词，前两句写虚，后两句写实。这个女人（所有宫人）从千里外的故乡而来，在深宫中待了二十年，亲人早已没了联系，娘家更是回不去了。在皇宫中唯一的依靠便是皇帝，如今皇帝撒手人寰，下半生或许还有二十年之久，要么在宫中孤独终老，要么追随先帝而去。她不怕未来遥遥无期，只怕孤独太过彻底。一切有生命的事物都会在后宫日复一日的光阴中腐败溃烂，以不同的方式向世界道离别。

西安城有条“金花路”，这里曾是唐朝兴庆宫掖庭宫的一部分，宫女刚进宫时，就被安排住在这里，宫女老年而死，也会在掖庭宫草草埋葬，所以后来这里形成一个村庄名为“金花落村”（“金花落”意为宫女凋落）。那些如花的皇宫女子，她们摇曳在红尘中，如今再难寻觅芳踪。

蜀相

杜甫的偶像是谁？

公元759年冬，杜甫在成都城西浣花溪旁，建成草堂一座，后世称“杜甫草堂”。杜甫在节度使严武手下做节度参谋，算是基本生活稳定了。第二年春天，杜甫去了心心念念的武侯祠，拜会自己的偶像诸葛亮，并写下《蜀相》一诗。

蜀　相

[唐]杜甫

丞相祠堂何处寻？锦官城外柏森森。
映阶碧草自春色，隔叶黄鹂空好音。
三顾频烦天下计，两朝开济老臣心。
出师未捷身先死，长使英雄泪满襟。

本诗标题“蜀相”，表明作者写人为主，这个人物便是蜀汉丞相诸葛亮。诸葛亮早年隐居隆中，刘备力邀其出山辅佐。赤壁之战中，诸葛亮受任于败军之际，出使东吴，一同抗曹；而后又献计策，平定荆南四郡；在刘备被困益州时，诸葛亮带着张飞、赵云入蜀夺取西川。公元221年，刘备登基称帝，任诸葛亮为丞相。后主刘禅尊诸葛亮为“相父”，封他为“武乡侯”，领益州牧，大权在握。同时代的曹丕、司马懿均选择篡权夺位，而诸葛亮却选择鞠躬尽瘁，死而后已。诸葛亮七擒孟获，数出祁山，只为兴复汉室。无奈魏蜀两国实力相差悬殊，诸葛亮终积劳成疾，病逝于五丈原。

诸葛亮严于军法，宽以待人，两袖清风，披肝沥胆。蜀汉官员及百姓感念其恩情，纷纷上表请求建庙，后主刘禅认为此举违背礼制不予理睬。百姓只能在道路旁纪念，有些人甚至到刘备的惠陵旁祭奠丞相。南北朝时期，南齐君主萧道成诏令在惠陵旁修建诸葛亮祠（一说成汉君主李雄所建），这便是“武侯祠”的最初形态。唐代诗人杜甫寻找的就是这里。“锦官城”指的是成都，因为成都盛产蜀锦，有着完整的产业和朝廷管理系统，所以把成都叫作“锦官城”或者“锦里”。武侯祠门前有诸葛亮亲手种植的柏树，三国至唐朝历经五百年，此时已直插云霄，枝繁叶茂，所以杜甫写道：“丞相祠堂何处寻？锦官城外柏森森。映阶碧草自春色，隔叶黄鹂空好音。”台阶上新生的春草和隔枝的黄鹂告诉人们，春天到了。

“三顾频烦天下计，两朝开济老臣心。”“三顾频烦”指的是刘备三顾茅庐。刘备寄居荆州时，求贤若渴，在徐庶和司马徽的举荐下，得知当地隐居了一位号“卧龙”名叫诸葛亮的高人。刘备三次登门拜访，诸葛亮被其诚意所打动，当即献策“隆中对”：曹操挟天子以令诸侯，占天时而不可争锋；孙权历经三世且有长江天险，占地利，可作为援而不可图；荆州民殷地富、益州沃野千里，横跨荆、益二州，外结孙权，内修政理，三足鼎立之势便可成，若天下有变，则两路出兵，夺取中原，汉室可兴。一席话让刘备醍醐灌顶，天下局势、战略战术、未来走向一一分析，27 岁的年纪未出茅庐已知天下三分，诸葛亮堪称千古一人。此后的 27 年他辅佐刘备、刘禅两代蜀汉君主，竭股肱之力，效忠贞之节。

“出师未捷身先死，长使英雄泪满襟。”公元 226

年，诸葛亮抓住魏明帝新即位的时机，兵出祁山，陇右三郡反叛归蜀汉，后因马谡丢失街亭，第一次北伐遗憾收场；同年冬天，诸葛亮趁曹魏军队集结东路，便从散关围困陈仓，奈何城池难攻，无奈退回；公元229年，诸葛亮攻下武都、阴平二郡；公元231年，诸葛亮再出祁山，大破魏军，射杀魏将张郃，因粮草不济退兵；公元234年，蜀汉第五次北伐，司马懿坚守不出，诸葛亮积劳成疾，病逝于宝鸡五丈原。千百年来，多少人为诸葛亮的忠诚、智慧折服，多少人为“出师未捷身先死”的遗憾而感伤。比这更感伤的是，诸葛亮在成都任一国宰相，能按计划实现着自己的理想，而杜甫自己呢？遭到皇帝贬谪，寄人篱下，泪流满襟。

唐顺宗朝大臣王叔文立志改革，但是由于宦官干预，改革失败。王叔文常常吟叹：“出师未捷身先死，长使英雄泪满襟。”南宋爱国名将宗泽，面对南宋媾和的策略，临终时嘴里念着杜甫的这首诗，大喊三声“过河”而死。

杜甫一生写过二十多首称颂诸葛亮的诗，是诸葛亮最忠实的粉丝之一。在诸葛亮身上，集合了世间最优秀的品质，他个人志存高远，对百姓正直公正，对君主忠诚勤勉，文能写《出师表》，武能入选武庙十哲。他满足了从古至今各时代各阶层的期望和幻想，挽狂澜于既倒，扶大厦之将倾。

我常想，到底是怎样一份信念，怎样一个国度，才会让一个这么传奇的人整整奋斗了27年。他这一生不负百姓，不负君王，亦不负自己，只是悠悠苍天，何薄于君，霸业成空，遗恨无穷。蜀道寒云，渭水秋风。

望洞庭湖赠张丞相

求职报告应该怎么写？

公元 728 年，39 岁的孟浩然第一次在长安科举落第。五年后，孟浩然再次踏足长安，在王维的引荐下，一睹当时秘书少监张九龄的尊容，引为至交。此后孟浩然似乎与政坛绝了缘，而张九龄官至宰相。为了获得宰相的引荐，孟浩然写下《望洞庭湖赠张丞相》。

望洞庭湖赠张丞相

［唐］孟浩然

八月湖水平，涵虚混太清。
气蒸云梦泽，波撼岳阳城。
欲济无舟楫，端居耻圣明。
坐观垂钓者，徒有羡鱼情。

张丞相是谁？ 历来有两种说法：一说张说，一说张九龄。 公元 711 年，44 岁的张说在唐睿宗朝做丞相，公元 733 年，60 岁的张九龄在唐玄宗朝做丞相，两位“张丞相”都曾经被贬荆州，巧合的是，被贬时也都曾担任过“长史”一职，更神奇的是，孟浩然都曾经在荆州拜见过两位张丞相。 从时间上看，孟浩然应该写的是张说，当然目前学术界包括我们的教材认可的“张丞相”是张九龄。

“八月湖水平，涵虚混太清。”农历八月，资水、湘江、沅江等丰富水源注入洞庭湖，水面虽然平静，水下却波涛暗涌，湖水大涨，远远望去，湖的尽头连接着天地，天倒影在水里，水流入到天上，水天浑然一体。

“气蒸云梦泽，波撼岳阳城。”“云梦泽”这个名字不要太好听，这是长江和汉江交汇时，泥沙沉积，慢慢形成的湖泽和湿地，今已消失。 湖面上升，水气翻腾，笼罩四野，似乎吞没了云梦泽。 风起之时，波涛澎湃，水势之盛大，足以撼动岳阳城。 前面四句虽然写景，但是巧妙在借洞庭湖暗指张九龄（张说），因为“洞庭湖”是中国第二大淡水湖，这里含蓄地表示张九龄（张说）曾位列宰相，是除皇帝外的二号首长。张九龄（张说）的气度犹如八月的洞庭湖，一个波浪就足以让岳阳城为之一震，而孟浩然只是岳阳城中一个渺小的文人。

“欲济无舟楫，端居耻圣明。”“楫”是划船的桨，“端居”表示闲居。看见这一湖好水，想穿过湖面，可惜我既没船也没桨，长时间闲居荒野，真是辜负了这大唐盛世，辜负了圣明的天子。

“坐观垂钓者，徒有羡鱼情。”垂钓的众人悠闲自在，只有我身处局外，一方面，羡慕钓鱼的人每天都有收获；另一方面，希望张丞相就是那垂钓之人，自己愿做上钩的鱼儿。当然这里也可以理解为姜太公等待周文王的故事。如果说前四句孟浩然充分写景，那么后四句就大胆地表达了自己的想法——张丞相，让我加入您的战队吧！清代学者王夫之就批评过这首诗：“前面高明，后面格调卑下。”

《望洞庭湖赠张丞相》是一首“干谒诗”，是古代文人向达官贵人推荐自己写的作品，所以我觉得王夫之大可不必动肝火，孟浩然的这首诗已经非常含蓄了。我们看看杜甫的《奉赠韦左丞丈二十二韵》，是写给当时的尚书省左丞韦济，诗中说“读书破万卷，下笔如有神”。我小时候一直以为这是鼓励别人的话，没想到这是杜甫夸自己的话。我们再看看诗仙李白，这个一生不羁放纵爱自由的谪仙人，向荆州长史韩朝宗推荐自己，不惜狂拍马屁说：“生不用封万户侯，但愿一识韩荆州。”这句话立刻让我想起了《鹿鼎记》中的一句话“平生不见陈近南，便称英雄也枉然”。

写完这首诗，过了一年，韩朝宗出任襄州刺史，他非常欣赏孟浩然的才华，亲自邀约孟浩然，想着重新向朝廷推荐他。到了约定的时间，孟浩然却邀约了一众朋友喝酒吟诗，有人提醒他：“韩公不是今天邀约您吗？”孟浩然却一脸不悦，说道：“此时的时光我最快乐，哪管得了其他事情。”说完继续开怀畅饮。也对，一个得到过两任宰相垂青的诗人，生不用封万户侯，也不用识韩襄州。

不第后赋菊

书生愤怒有多可怕？

公元880年冬，一支起义军攻破了唐都城长安，起义军首领眼神里带着一丝仇恨，他赶走了唐朝皇帝，来到大明宫含元殿，准备登基。手下询问他，登基盛典除了常规礼仪外，还有什么要求，这位首领淡淡地说："菊花相伴，一生不换。"寒冬腊月，菊花稀少，礼仪官员不知新君主为何有此要求。

起义军领袖名为黄巢，出生于山东盐商家庭。唐代的盐商是什么概念？两个字：巨富！盐是所有人的生活必需品，妥妥的刚需，加上唐朝中后期，食盐官产民销，很多地方政府和盐商勾结，利润颇丰。当时大唐富豪排行榜上，大大小小的盐商不少。黄巢家境殷实，从小骑马打猎，学文作诗，但他并不想继承家业，因为有再多的钱也改变不了商人低下的社会地位。黄巢发奋读书，成年后数次来到长安参加科举，但晚唐政坛浑浊不清，黄巢科举之路无望，愤怒的黄巢离开长安时写了一首《不第后赋菊》。

不第后赋菊

［唐］黄巢

待到秋来九月八，我花开后百花杀。
冲天香阵透长安，满城尽带黄金甲。

“待到秋来九月八，我花开后百花杀。”原诗为了押韵，把重阳节九月九日写成九月八，这里的九月八还透露出一种迫不及待的感觉。因为菊花秋天盛开，意味着草木皆枯萎，天下皆萧飒，菊花顽强的生命力不正像自己么？很多人解释这首诗，把菊花比喻为唐朝被压迫的老百姓，黄巢自己是农民起义的领袖，这种解释明显站在上帝视角：第一，黄巢当时只是名落孙山，没想着要推翻唐朝；第二，黄巢家里都是商人，不属于贫苦农民。“冲天香阵透长安，满城尽带黄金甲”这两句只是发泄心中不满，立下的奋斗目标，有朝一日，他要像菊花一样誉满长安！

作为富家子弟，黄巢回到山东，继承家业，成为盐帮的掌门人。如果当时中原一带不发生饥荒和旱灾，作为盐帮掌门人的黄巢仍可在商海中呼风唤雨。可惜晚唐的腐败、灾情的延续导致百姓无米下锅，盐商自然深受影响。靠着强大的商业基础，也为了攫取更大的利益，同属于盐商的王仙芝在河南长垣率先起义。一年后，黄巢看到王仙芝有了一定的规模，在山东响应起义，这两人兵合一处，在中原一带掀起不小的风浪。

唐僖宗派出各路节度使平叛，双方不断拉锯，平叛没有太大的成效。唐僖宗招降王仙芝，授予其爵位和官职，冷落黄巢，让两支起义军内生嫌隙。这一招果然有效，王仙芝和黄巢分道扬镳。黄巢转战山东、安徽、浙江、广东一带。在南方立足后，黄巢重新北上，连连胜利，拿下洛阳，攻破潼关，占领长安。唐僖宗出逃，黄巢再一次进入长安，百姓们夹道参观，凡遇到贫民，起义军都会给予救济。

这一次，黄巢不再是那个垂头丧气的学子，而是颠覆政权的义军领袖，他要在长安为自己正名，所以选择在大明宫含元殿登基，国号“大齐”，年号“金统”。之前的唐朝官员，三品以上全部停职，四品以下官复原职。昔日长安那些高高在上的豪门、宗室皆成了刀下鬼。

人生的起起落落往往就是这么玄妙，逼迫一个人成功的最好方法是屈辱。这个时候，黄巢再看年轻时写的那句“满城尽带黄金甲”，似乎冥冥之中一切早已注定。我们不知道黄巢称帝时礼仪官员是否找到了菊花，但是黄巢心中的菊花已经盛开在整个长安城。

黄巢在长安城还未站稳脚跟，唐僖宗就立刻传檄四方，各路节度使纷纷联合讨伐黄巢，黄巢被迫离开长安，途中兵败被杀。

年轻时自视甚高的黄巢曾在长安遭遇多次打击，只有在极端痛苦时才能写成《不第后赋菊》这样狂傲的诗，也只有在攻下长安、极端快乐时才有“报与桃花一处开”（黄巢《题菊花》）的句子。极端的痛苦，像极端的欢乐一样不能经久，因为它过于猛烈。黄巢极端的人生，最终归于晚唐极端的历史。

献钱尚父

不改稿是诗人的底线

唐昭宗年间，大唐分崩离析，各地起义不断，众多诗人流离失所。被称为“诗僧”的贯休行走到杭州灵隐寺，这里的节度使钱镠（liú）刚刚平定了叛军董昌，被朝廷升职。贯休写下一首《献钱尚父》的诗，希望能获得钱镠的赏识，在乱世中有一席生存之地。

献钱尚父

[唐]贯休

贵逼人来不自由，龙骧凤翥（zhù）势难收。
满堂花醉三千客，一剑霜寒十四州。
鼓角揭天嘉气冷，风涛动地海山秋。
东南永作金天柱，谁羡当时万户侯。

钱镠出生于浙江，刚出生时因长相太过丑陋，其父以为见鬼，差点儿把他扔到井里淹死。钱镠早年是个盐贩子，后跟随军阀董昌南征北战，立功无数。董昌一度实力大增，成为江南一带声望很高的节度使，随即自己称帝，钱镠苦劝不听，两人分道扬镳。钱镠率军击败董昌，唐昭宗将钱镠画像挂在凌烟阁之上，封为镇海、镇东两路节度使，赏赐丹书铁券，可免死九次，成为晚唐的“喵星人”。此时贯休认为钱镠和其他唯利是图的节度使不一样，他心中有大义，跟他混应该没问题。本诗标题中用“钱尚父”是因为后来钱镠被尊为“尚父”。

“贵逼人来不自由，龙骧凤翥势难收。”“贵逼人来”解释为荣华富贵不请自来，运气好到爆棚。“龙骧”指的是神龙昂首向上腾跃；“凤翥”表示凤凰展翅高飞。这两句可以翻译为：钱尚父，您好，我是贯休，看完了您的奋斗史，我有点儿心得，觉得当富贵来袭时，人是没办法阻挡的，当一个人像龙凤一样扶摇直上时，他的成就是很难止住的。那么钱镠的成就是什么呢？“满堂花醉三千客，一剑霜寒十四州。”

经过这么多年的奋斗，在文化方面，您的大堂之上，谈笑有鸿儒，往来无白丁，满堂的花香熏醉了无数宾客；在军功方面，钱镠当时已经掌控了浙西、浙东的润、升、常、苏、湖、杭、睦、越、明、衢、处、婺、温、台共计十四个州。三千客是虚写，十四州是实写。“一剑霜寒十四州”这句诗锋芒毕露，刚猛强劲，实属难得的佳句。

贯休的前四句是回顾钱镠过去的辉煌成就，接下来该展望一下未来的走向了。“鼓角揭天嘉气冷，风涛动地海山秋。”“揭天”表示声音高耸入云，“嘉气”就是祥瑞之气。钱尚父的军队战鼓声声，号角冲入云霄，上天都觉得胆寒冰冷，这样的大军席卷而来，战斗力就像秋风扫落叶一样。“东南永作金天柱，谁羡当时万户侯。”“金天柱”就是具有祥瑞金黄色的天，这里的“天”表示朝廷、皇帝，“柱”表示支柱、栋梁。大唐有了钱尚父坐镇东南，便是帝国的支柱，有了皇帝授予的官职、免死金牌，谁还羡慕封不封万户侯呢？

《献钱尚父》这首诗送到钱镠的书房后，钱镠读罢，大加赞赏，唯一觉得美中不足的是“十四州”不够气势，如果改成“四十州”就完美了。当贯休听说要修改内容的时候，一方面觉得钱镠和那些土豪军阀一样野心勃勃，贪心不足；另一方面，作为诗人，面对甲方的要求，不改稿这是自己的底线，说了一句：“州亦难添，诗亦难改。余孤云野鹤，何天不可飞？”说完离开杭州。

无边风月

唐诗的美，
是没有目的的快乐！

DU
SHI
QU

次北固山下

谁的诗挂在了宰相办公室?

盛唐宰相张说，既是政坛领袖，又是文坛高手。和很多土豪企业家一样，他的办公室悬挂着一张书法作品，书法的内容不是“舍得”“厚德载物”“天道酬勤”，而是唐代诗人王湾的千古名句“海日生残夜，江春入旧年”，这千古名句出自于《次北固山下》。

次北固山下

［唐］王湾

客路青山外，行舟绿水前。
（青山外 一作：青山下）
潮平两岸阔，风正一帆悬。
海日生残夜，江春入旧年。
乡书何处达？ 归雁洛阳边。

北固山位于江苏镇江，因三面邻水、山势险固而得名。《三国演义》小说中，孙权用妹妹作诱饵，设下美人计邀请刘备结亲的故事，就发生在此地。唐代诗人王湾在一年冬去春来的时节，顺长江而下，行至北固山时，看到如此壮丽之景，有感而发，吟出这首名篇《次北固山下》。

“客路青山外，行舟绿水前。”船在水上，水在山下，山因水而巍峨，水因山而秀美；山有状而水无形，山有头而水无尽。山与水的融合，是静与动的搭配，青山是静止的，绿水是流淌的，游子在船头伫立是静止的，船在水中行驶是流动的。当船停在岸边时，青山、行舟、绿水、游子瞬间联系在一起。

“潮平两岸阔，风正一帆悬。”冬天刚过，春雪融化，导致江水漫涨。潮水过后，放眼望去，江面与岸边齐平，视野极为开阔，船在这样的水面行驶，帆高高悬挂，垂直于水面。注意，这里的“风正”指的是江面的风刚刚好，才能形成“一帆悬”；风太猛，帆就是一个弧形；风太弱，帆就只能臊眉耷眼地垂着。明末清初思想家王夫之曾这样评价这两句：“以小景传大景之神！”王湾通过岸边水涨和船上帆动两个小景，勾勒出名山大川的气势，王湾也凡尔赛地表示，鄙人坐的是带帆的豪华大船！

“海日生残夜，江春入旧年。”又一个千古名句！盛唐宰相张说把这两句奉为经典，唐代文学家殷璠称“诗人以来少有此句”，明代胡应麟赞叹道:“形容景物，妙绝千古。”这两句好在哪里？ 夜将尽时，海面拂过的风，是对月亮的告白，天尚未亮，太阳赶在黎明前给天空一片浪漫，一缕阳光破云而出，像触角一样探寻这个世界。 旧年的冬季尚未逝去，江上的春意已经临近。 日出挤掉了月亮，江春替换了旧年。 诗句中的“生”和“入”两个字用得非常传神，这里的太阳不是“升”，“升”表示物体的动作向上，而“生”则给这个物体赋予了生命；“入”字则把江春表现得毫不客气，强势占据旧年。 有点“长江后浪推前浪，前浪如果不肯让，直接拍死在沙滩上”的感觉。时序转换，腊尽春暖，有些言语很难去翻译，有些意境需要用心去体会，看一百条大江大海的文案，不如真实的面朝大海，然后说出“海日生残夜，江春入旧年”。

“乡书何处达？归雁洛阳边。”辞旧迎新，万家灯火，北固山景致虽美，但诗人无法掩饰自己的孤独，不然大晚上不睡觉，看什么日出？那就写封信吧，寄到哪里呢？北去的归雁，请帮我捎给故乡洛阳吧。

有时候看看古人，在旅途中写诗，一写就是千古名篇，我对自己在高铁和飞机上吃泡面、嗑瓜子、喝果汁、看平板感到脸红。

海日生残夜
江春入旧年

乌衣巷

中国文化最悠久的巷子之一

公元826年，和州（今安徽和县）刺史刘禹锡接到朝廷的调令，让他去洛阳任职，已经被贬南方21年的刘禹锡终于可以回到故乡。路过南京时，有朋友班门弄斧，写了五首咏怀金陵古迹的诗拿给刘禹锡鉴赏。刘禹锡一时技痒，写下了《金陵五题》。那个朋友的作品从此石沉秦淮河，刘禹锡的《金陵五题》至今仍被我们吟诵。

乌衣巷

[唐]刘禹锡

朱雀桥边野草花，乌衣巷口夕阳斜。
旧时王谢堂前燕，飞入寻常百姓家。

公元前333年，楚威王打败越国，在今天南京石头山筑城一座，取名为“金陵邑”。金陵这个称谓《舆地志》中记载原指蒋山，“金”意为山顶岩石的颜色为铜色，“陵”《尔雅》中记载，大阜曰陵，就是指丘陵或高塬形成的山。三国时期，东吴孙权建都金陵，取名“建康”，此后的东晋、刘宋、萧齐、南梁、南陈分别在此建都，故有“六朝古都”的美名。“朱雀桥”是金陵城秦淮河上最大的一座浮桥，因正对“朱雀门”而得名。“朱雀”是上古神兽，地名中常常用来表示南方。“乌衣巷”，金陵城内的一条街道，位于朱雀桥以北，三国时期东吴孙权曾经在此设置禁军军营，当时东吴禁军常穿黑色制服，出入街巷，故称“乌衣巷”。

“朱雀桥边野草花，乌衣巷口夕阳斜”这两句解释为：昔日的交通要道朱雀桥，已经满目苍凉，野草开出了花；曾经热闹非凡的乌衣巷，如今破败不堪，只有夕阳还挂在残垣断壁上。

后两句“旧时王谢堂前燕，飞入寻常百姓家”。为了更好地理解，我们先了解宋朝的一篇传奇小说《王榭传》。小说讲了一个叫王榭的南京人，常年出海经商。某次遇到风暴，漂流到一个陌生的岛上，幸得一对夫妇搭救，夫妇称此岛为“乌衣国”，岛上所有衣服、器具、建筑都是黑白色。夫妇每日好酒好菜招待王榭，还把女儿嫁给他，王榭心中十分感激。转眼到了秋天，“乌衣国”夫妇催促王榭回家，王榭与他们依依惜别，一瞬间他就回到了南京的家中，当他抬头望向屋檐的时候，梁上的燕子已准备飞往南方。王榭瞬间明白，所谓的“乌衣国”便是自家的燕巢。第二年春天，燕子又飞回，带回一首挂念的小诗。等到秋天，燕子飞走后，再也没有飞回来。王榭有所触动，便吟诵起了“旧时王谢堂前燕，飞入寻常百姓家”的句子。

小说中的“王榭”是个人名，诗中的“王谢”是两个显赫的家族。“王”表示“琅琊王氏”，这个家族早在战国时期就非常有名，秦国大将王翦和王贲是秦灭六国的最大功臣，王贲的孙子王元为躲避秦末战乱，迁居到山东琅琊（今山东临沂）。西晋灭亡时，琅琊王氏代表人王导力劝琅琊王司马睿去南方建国。王导拉拢北方士族南迁，赚足启动资金，又安抚南方士族，拱手将江山献于晋元帝司马睿。东晋建国后，王导主政，其兄王敦领兵，后来的皇帝每次见王导，都要下拜，时人称之为“王与马，共天下”。

如果说“琅琊王氏”有开国之功，那“陈郡谢氏”就是续命之臣。公元383年，基本统一北方的前秦君主苻坚，统领百万人马立志攻灭东晋，一统天下。东晋在处于绝对弱势的情况下，由“陈郡谢氏”代表人谢安主持大局，谢安之侄谢玄带领八万北府兵，在淝水以智取胜，痛击前秦主力，保全东晋江山。幕后大佬谢安达到人生巅峰，他雅量高致，性情温和，江湖人称“江左风流宰相”。“陈郡谢氏”一时风头无二。其后，家族的著名人物还包括东晋诗人谢道韫、南北朝文学家谢灵运、南齐诗人谢朓。当然，“琅琊王氏”也人才辈出，家族中的王羲之、王献之也是家喻户晓的人物。

秦淮河畔的乌衣巷内，正是当初“陈郡谢氏”与“琅琊王氏”的府邸。昔日群贤毕至，宝马雕车，院落极尽辉煌。隋唐之后，“陈郡谢氏”与“琅琊王氏”两个豪门家族逐渐衰落。刘禹锡到此游览，乌衣巷内，高门大族变成普通民居，只有那南归的燕子还认得回来的路，依旧停留在寻常百姓家。燕子不可能是百年前王谢堂前的燕子，地名还是旧时金陵古都的地名，只是曾经名人络绎不绝的朱雀桥野草丛生，豪门聚集的乌衣巷已成寒门。

今天南京市秦淮区的乌衣巷内，重建有“王导谢安纪念馆”，纪念馆门口悬挂“王谢古居”匾额，其内建筑古朴典雅，来此瞻仰的人大多受刘禹锡诗句的影响。这里曾是谢安运筹帷幄的宅院，这里也是王导叱咤风云的住所。王羲之在这里笔走龙蛇，谢道韫在这里雅人深致。而后历经沧桑，传几代，听千古风流，看枯荣兴衰。

秦淮河畔多少花开花落，山水之中皆是放浪形骸，金陵至今仍在，历史变了尘埃，只在乌衣深巷里，娓娓道来。

登鹳雀楼

古今五言之最

山西省永济市鹳雀楼，始建于北周时期，传说常有鹳雀在此停留，故有此名。起初用于军事瞭望，唐代时成为著名景区。《全唐诗》中，记载了六位诗人在此留下墨宝，其中王之涣的《登鹳雀楼》是最牛的一首。

登鹳雀楼

［唐］王之涣

白日依山尽，黄河入海流。
欲穷千里目，更上一层楼。

这首诗的作者有些争议，第一种说法是王之涣在长安中进士后，只被安排在冀州做了级别很低的主簿，后又遭人诬陷而被罢官，不济到顶点了。年轻的王之涣四处游走，在鹳雀楼写下名篇。也有人说王之涣写这首诗时已四十岁左右。另一种说法是在《全唐诗》中，《登鹳雀楼》这首诗旁有一批注“一作朱斌诗”，朱斌成了这首诗的另一个作者。

现存鹳雀楼为仿唐建筑，高 73.9 米，前方是奔腾不息的黄河，背靠孤峰标出的中条山。“白日依山尽，黄河入海流。”第一个词就令人费解，“白日”是什么意思？有人解释为“太阳”，我们再问：“太阳不是红日吗？”有人解释：“太阳快落山时，不那么刺眼，没那么红。”还有人说王之涣写“白日”为了更加突出苍茫之感。其实稍微观察一下就知道，快落山的太阳才是最红的。这里的“白日”表示太阳向西落去，按照古代五行说法，西方属金，白色，故称“白日”。

太阳傍着高山渐渐西落，黄河向着大海滔滔东流。诗人登上鹳雀楼，目光扫视东西，两个大景——太阳和黄河，一个依山离开，一个滚滚而来，给人极强的冲击感。但现实情况是唐代时登上鹳雀楼，因为距离遥远，看不到黄河，但作者偏要这处景，使整个画面地阔天长，而登楼的人凌于空中而小天下。

“欲穷千里目，更上一层楼。”如果说前面两句是实景描写，后面两句便是哲学升华。唐代很少有诗歌能把哲理与景物结合得如此天衣无缝。如果要飞得高，就该把地平线忘掉；如果想要看得更远，就必须再上一层楼。诗人并未在诗中写自己再上一层楼，进而看到千里景。我们不要单纯地理解所谓的“千里目”就是我们眼睛看到的三维世界，那是一种更高的思想境界，就像你的梦想是星辰大海，即使迷失，也是坠落在璀璨之间。任何时代，不管潮流如何转变，风气如何演变，人总可以凭着自己独特的思想，超脱时代和社会。当大多数人为了房子、车子、票子奔波追逐，也还有一小部分人，他们追求理想和真理，他们的眼界“欲穷千里目”，他们的内心“更上一层楼”。

《登鹳雀楼》是五言中罕见的两两对仗的诗歌，一经写出，就震惊文坛，甚至一代女皇武则天也为这里面的句子点赞转发，提出嘉奖。后来也有文人表示不服，要和王之涣比一比，唐代山西永济的本地才子畅当写下“天势围平野，河流入断山”的句子，同样是永济的耿湋也留下“黄河经海内，华岳镇关西”的作品，边塞诗人李益也写出“汉家箫鼓空流水，魏国山河半夕阳”的七律。但是这些诗就好比康师傅和康帅傅、奥利奥和粤利粤，总觉得少了一点儿气势，少了些许意境。

《登鹳雀楼》历经唐、宋、明、清之后，被誉为唐诗“五言绝句之最”。我们来人间一趟，是要看看依山的落日，奔腾的黄河。希望我们在追求梦想时，永远有再上层楼的希冀；希望我们在遭遇庸俗时，永远有着本能的厌恶。

登幽州台歌

“怀才不遇”永远是文人的热搜词

公元696年，契丹叛乱，深入大唐领土，武则天派侄子武攸宜带兵出征，随军出征的还有一位级别较低的官员叫陈子昂。契丹部落采用诱敌深入的策略，全歼了唐军的先头部队，有过边关经验的陈子昂多次进言，调整战术，无奈武攸宜听不进任何劝谏，甚至还贬了陈子昂的官职。陈子昂空怀报国之情，登上幽州台，写下了千古名篇《登幽州台歌》。

登幽州台歌

［唐］陈子昂

前不见古人，后不见来者。
念天地之悠悠，独怆然而涕下！

幽州就是今天的北京，陈子昂登上的高台名叫“黄金台”，修筑于战国时期。当时燕国内乱，齐国乘虚而入，危急关头，燕昭王继位，立志重振山河。他向郭隗（wěi）求取计策，郭隗给他讲了一段“千金买骨”的故事。

从前有一位国王，一心想得到千里马，并广布天下，愿以千金购买，但是广告宣传了三年，马影子都没看到。国王很生气，派出一位得力大臣外出去寻求千里马，大臣携带巨款，四方打探，终于找到千里马，不过不知何故，马已经死去，留下一堆骸骨。大臣毫不犹豫，拿出五百金买下骸骨，回去复命。国王一见，怒气值增加了一倍：“买骸骨作甚？你要吃吗？”大臣回答：“大王求马几年没有结果，不是没有千里马，而是大家不相信国王会真花钱买，现在您出重金买马的骸骨，过不了多久，就会有人把千里马送上门来。”

郭隗讲完故事，对燕昭王说：“大王想要燕国变得强大，必须重用人才，不如先重用我，我就是那匹死马的骸骨，天下贤士看我这样的人也能被重用，必会纷纷来投。”燕昭王当即授予郭隗官职，并修筑一座“黄金台”，以接见天下人才。李贺的“报君黄金台上意”， 指的就是这座台。

燕昭王的诚意， 赢得了巨大的人心。 战国名将乐毅、 阴阳家代表人物邹衍等名人纷纷来燕， 燕国盛极一时。

黄金台所在地有两种说法： 一种说法是在今天北京市大兴区， 另一种说法是在河北省定兴县。 陈子昂一步一步走上黄金台， 往前看不见燕昭王这样虚怀纳谏的君王， 往后看不见郭隗、 乐毅这样的先贤， 他们都随着黄金台的破败而成为历史。 在这里， 陈子昂除了钦佩君王的气度， 也很羡慕贤臣的运气。

这首诗的前三句都是在铺垫， 以浩瀚的历史、 苍茫的时空以及天地的遥远作为背景， 想象奇特， 明朗刚劲。 同时 “古人” 与 “来者” 纵览时间的悠长， 是作者的想象； “天” 与 “地” 是空间的辽阔， 是眼观的实景。 第四句笔锋一转， 写到自己， 壮志难酬， 一腔孤愤。 这首诗堪称一幅经典的画卷， 宏伟的天地， 无穷的宇宙， 悠长的历史， 这些宏大叙事下， 只有一个小小的孤影站在台上， 顿时让人觉得宇宙之无穷， 时空之缥缈。 而历史中的你我， 是那么微小， 转瞬即逝， 不过是天地之间的蚍蜉，又恰恰是这么一个孤影，让整个画面顿时神韵飞动，光彩照人。

《登幽州台歌》全诗没有一个字描写黄金台具体的构造，全凭抒发感慨，便能流芳百世，令人赞叹。明代文学家黄周星这样评价道：“胸中自有万古，眼底更无一人。古今诗人多矣，从未有道及此者。此二十二字，真可以泣鬼神。”陈子昂写完《登幽州台歌》两年后，便辞去官职，回到家乡四川射洪，又因得罪武氏家族，被罗织罪名冤杀。《登幽州台歌》这首诗的作者是否为陈子昂，也有学者质疑，唐代文学家卢藏用所编撰的《陈伯玉文集》中并没有收录这首诗。直到明代才子杨慎发现了这首小诗，并根据背景取名为《登幽州台歌》，才让陈子昂的诗句家喻户晓。

“怀才不遇”似乎是千古文人的热点话题，而我们如果仅仅以“不得志”来解释《登幽州台歌》，格局就小了，因为任何人一旦思索宇宙无穷，人生短暂，都会悲从中来。就像《兰亭集序》中所写：“固知一死生为虚诞，齐彭殇为妄作。后之视今，亦犹今之视昔。”当然无论此刻位居豪门还是身处市井，我们都有仰望星空的权利。

登乐游原

这首诗有没有另一种解释？

公元845年，唐武宗和宰相李德裕联手缔造了“会昌中兴”，晚唐的夕阳显得绚烂而热烈。此时，三十出头的李商隐回到长安，在秘书省获得一个低级别小官。他渴望在政治上有所建树，积极支持李德裕的主张，不过位高权重的宰相李德裕根本没时间搭理他，李商隐在这个时间段登上了长安城东的乐游原，写下名诗一首。

登乐游原

［唐］李商隐

向晚意不适，驱车登古原。
夕阳无限好，只是近黄昏。

乐游原是古长安城东边的一块高地，汉宣帝时，这里叫作“乐游苑”，是皇家别苑。唐朝时凭借皇家别苑的概念、良好的风水、开阔的地势，地价飙升。武则天之女太平公主、唐睿宗长子宁王李宪、唐文宗朝兵部尚书柳公绰等都在这里有私人别墅。普通百姓秋天登高、闲时也可以到此一游，当时的城市没有高楼，所以站在乐游原，送目临风，长安城一览无余。

“向晚意不适”，“向晚”表示时间快到晚上了；“意”指的是心情；“不适”就是不开心。傍晚李商隐心情不好，为什么不好？政治失意，夫妻不合，还是邻里不睦？诗人并没有讲，有时候或许只是莫名其妙的失落，没有原因。“驱车登古原”，因为心情不好，所以要驾着车出来走走，到了乐游原，半坡起步，直上原顶。

“夕阳无限好，只是近黄昏。”唐朝宵禁，傍晚城中敲鼓，行人要各回各家，此时乐游原基本没什么游人，李商隐登上乐游原看到了什么？汉代的古庙，东宫的药园，繁茂的树木，还是贵族的豪宅？统统不写。晚风轻踩着云朵，彩霞拉扯着夕阳，跌进了西边的城门，看日落的诗人比日落更敏感。这两句历来被翻译为：夕阳无限美好啊，只不过快要落下了。绚烂是短暂的，美好是瞬息的。由此再进一步，“夕阳”可以代表唐帝国，这个帝国历经了贞观之治、开元盛世的高光后，进入黄昏，唐武宗的“会昌中兴”更像是黄昏下的夕阳，回光返照，衰落已无可避免，就像此时空空荡荡的乐游原，汉朝的宫苑成了遗址，盛唐的豪宅成了废墟。站在原上，残阳西落，王朝迟暮，古原颓废。李商隐以前觉得，这庸庸碌碌的日子里，圣君贤相可以成为曙光，但是自己迟迟得不到重用，庙堂之上，朽木滚滚当道，殿陛之间，庸人纷纷秉政，这当权者也是徒有虚名罢了，自己只能间歇性崩溃，习惯性自愈。

不过最后两句还有另一种解读，周汝昌先生认为我们传统的解释有误，因为李商隐诗歌风格偏沉郁，加上第一句“向晚意不适”的加持，我们就错误地认为最后两句，夕阳的无限美好需要转折。其实这里的“只是”两个字应解释为“只因为”或是“恰是”，夕阳为什么无限美好，只因为它靠近黄昏才显得阳光金黄而辽远，只有这一刻，晚霞温柔，风也醉人，像极了少女害羞的脸颊，映红了半边天。

李商隐的这首《登乐游原》一改往日风格，不用典故，意思直白，节奏明快，又富于哲理。可谓：落日归于诗歌，而诗歌又藏深意。暮光四溢，浓云欲坠，黄昏真是一个善于制造浪漫的高手，难怪诗人愿意为它落笔，难怪夕阳会蹁跹而来，落入它怀中，慢慢沉沦……

枫桥夜泊

玩气氛我不是针对谁!

公元753年，唐玄宗天宝年间，张继考取进士，在等待朝廷安排官职的时候，安史之乱爆发了。皇帝跑了，长安丢了，官职黄了，所有努力化为泡影。张继只能南下避难，在一个深秋的夜晚，他独自泊舟苏州城外的枫桥，一首流传千年的《枫桥夜泊》就这样诞生了。

枫桥夜泊

［唐］张继

月落乌啼霜满天，江枫渔火对愁眠。

姑苏城外寒山寺，夜半钟声到客船。

这首诗首先在标题上略有争议，《全唐诗》记载本诗题目为“夜泊枫江”，唐代《中兴间气集》中题目为“夜泊松江”，宋代李昉编纂的《文苑英华》以及洪迈编选的《万首唐人绝句》中诗的题目都是“枫桥夜泊”。

“月落乌啼霜满天”，深秋的夜晚，极为冷清，在这冷清之中，又有乌鸦随着游动的月影，凄凄啼叫。霜华凝于地，寒雾升于天，一静一动再一静。“江枫渔火对愁眠”，枫桥之下，缓缓的流水之上，漂泊且满怀心事的人此刻却难以入眠。流动的江水表示生机不断，渔船的微光似乎若有若无，而难以入眠的人愁到了极点，一步一步被黑夜吞噬。这首诗最牛的地方就是诗人一直在玩气氛，落月、乌啼、秋霜、江枫、渔火、不眠人，单从气氛描写来看，唐诗中无人出其右，关键是每个点都是写实，每个点又都能敲在人的心上。当然这首诗也反映出作者是一个高素质的诗人，看着自然界发生的一切，自己不说一句话，以免吵到环境和熟睡的他人。

“江枫渔火”四个字，千百年来争论不休，宋代周遵道在《豹隐纪谈》里记载，枫桥，旧名封桥，古代苏州的重要通道，漕粮运输时节，常有官兵封锁，故而得名“封桥”。后因张继“江枫渔火”的句子太过出名，北宋宰相王珪亲手书写“枫桥”二字才得以定名。也就是说张继写诗的时候，并无“枫桥”。枫桥历史上被毁三次，重建三次。另外，“枫”解释为“枫叶”，用红色的枫叶与黄色的渔火衬托人物内心的苍白。“江”指的是“吴淞江”，因流域在古吴国境内得名。“渔火”除了船上的灯火外，也有说法是一同打鱼的伙伴，当然张继并不是一个夜钓的爱好者。

“姑苏城外寒山寺”，姑苏便是苏州，春秋时期，这里是吴王阖闾的都城。隋唐时期，随着大运河的开通，苏州段开通了多条支流，这河流上的桥更是不胜枚举。唐朝安史之乱后，苏州人口激增，成为整个长江流域实力最为雄厚的城市，但此时的诗人却游荡于城外，在城外清醒的孤独，远胜在城内热闹的寂寞。寒山寺修建于南北朝的萧齐时代，天台山普明禅师到此修建，最初叫“普明禅院”。唐朝初年，高僧寒山来此修行，故而得名“寒山寺”。寒山的另一种解释表示凄凉，与寒山禅师没有关系，只是气氛组带节奏。

“夜半钟声到客船”，古时候，寺庙敲钟一共是一百零八响，敲击钟声，意味着送走世间一百零八种烦恼。另外，每年的十二月、二十四节气、七十二候相加，正好是一百零八，意味着一年结束，辞旧迎新。现在每年除夕，苏州寒山寺中钟声响起，已经变成习俗。北宋文学家欧阳修曾质疑张继，夜半三更怎么会敲钟？当然后来有学者通过考证，在唐代苏州的寺院，确实有半夜鸣钟的习俗，叫作“定夜钟”。

《枫桥夜泊》堪称写景抒情的典范作品，全诗二十八个字，没一个生僻字，没一个难懂的词，但就是这二十八个字的组合，让人觉得恰如其分，删改均不合时宜。前两句写了六种景物，但后两句只有卧船听钟这一件事，钟声愈远，愁绪愈深。此诗一经写出，后世的文人学者追捧者众多，明代才子文徵明、清代江苏巡抚陈夔(kuí)龙都曾为这首诗在寒山寺立碑，同时这首诗也入选中国、日本教科书，成为背诵并默写的唐诗之一。其实，日本人对张继的诗喜爱、狂热程度还不止于此，他们在青梅也建了一座寒山寺以表达敬仰之情。

这首诗我从小到大读了很多年，很多遍，但每一次读都会感受到悠远的意境，或许是那年的吴淞江也皱起了眉头，让江上的人摇摆不定，让深秋的景忽暗忽明。孤独本就是诗歌的常态，凡人、诗人皆不例外。千变万化是人心，纹丝不动是命运，未来遥遥无期，孤独太过彻底，才会让一桥一水尽染寒山枫林，才会让一寺一人久久难眠于夜半钟声。

寻隐者不遇
唐诗的著作权之争

我们认识诗人贾岛，大多数是通过小学课本中《寻隐者不遇》这首诗。为什么要去寻找一位隐士？因为贾岛少年家贫，为了活着，出家为僧，法号“无本”，后来参加科举时才还俗。因有这段经历，他的诗中多了若即若离、尘缘似了非了的感觉。

寻隐者不遇

［唐］贾岛

松下问童子，言师采药去。
只在此山中，云深不知处。

“寻隐者不遇”，找寻一位隐士，但没有遇到。

注意这个标题可以当作故事的开端，亦可作为故事的结尾。诗人在大山之中拜访隐士，久叩柴门，无人应答，看来是“寻隐者不遇了”，正准备返程时，遇到了隐士的童子。诗中的“松下”意为松树之下，诗人遇到童子就看到了希望，问道：“你师傅呢？”童子既回答了又没有回答，回答的是“采药去”。诗人只能接着问，童子第二次既回答了又没有回答，回答的是“只在此山中”。山这么大，具体在哪里啊？童子第三次给出了准确的回答也不算回答——“云深不知处”，这山中云雾缭绕，我也不知道师傅在哪里，首尾呼应“寻隐者不遇”。诗人估计崩溃了，这熊孩子说来说去，隐士也找不到。

这首诗有个有趣的地方，每一句都省略了主语，而下一句的主语则在上一句中藏着，（诗人）松下问童子，（童子）言师采药去，（师傅）只在此山中，（山中）云深不知处。而整个诗歌的构图也极为讲究，出场是一个人寻找，第一句遇到童子，变成诗人、童子和松树的三角构图。“只在此山中”将镜头一下拉远，视野变得开阔，山中有着许多松树，还有更多的人，而“云深不知处”又把镜头从远望大山变成航拍山耸入云的更高更远之处。

诗中出现了松树、童子、山中、云深。松树四季常绿，坚强挺拔；孩童心性纯洁，无忧无虑；山脉壁立千仞，无欲则刚；白云聚散离合，随性而为，都是在给这位隐士做铺垫，所以，以后千万别小看这些看似简单的唐诗。

《寻隐者不遇》传唱度很高，但这首诗的作者到底是谁从宋朝之后一直争议不断，因为这首诗并没出现在贾岛的《长江集》里，而且简洁明快的诗句与贾岛苦大仇深的风格不一样。北宋《文苑英华》记载这首诗叫作《访羊尊师》，作者为唐代诗人孙革。同时代《万首唐人绝句》中记载《寻隐者不遇二首》，作者为“无本”，“无本”是贾岛年轻时做和尚的法号。清康熙年间官方编撰《全唐诗》的时候，一看历史上此诗作者有两种记载，怎么考证？把两个人叫起来问问？显然不行，按照传统做法——和稀泥，作者写成贾岛，然后在旁边备注小字：一作孙革《访羊尊师》。

到了清乾隆年间，孙洙编选《唐诗三百首》，书中直接把这首诗的作者之一孙革删掉，于是贾岛就独自享有《寻隐者不遇》的著作权了。当然，由于年代太过久远，这首诗的作者就如同诗作本身，也是“寻隐者不遇”了。

黄鹤楼

李白都甘拜下风的诗句

《唐才子传》记载，李白有次登临武昌黄鹤楼，极目远眺，诗兴大发，当他准备挥笔题写时，却在墙上看到了同时代诗人崔颢的《黄鹤楼》。他读完后，手中的笔顿时微微颤抖，说了一句“眼前有景道不得，崔颢题诗在上头”。李白这次不肯写诗的原因不是因为和崔颢“撞诗”，而是为崔颢的诗句叹服，连李白都甘拜下风的诗句，那一定不同凡响。

黄鹤楼

［唐］崔颢

昔人已乘黄鹤去，此地空余黄鹤楼。
黄鹤一去不复返，白云千载空悠悠。
晴川历历汉阳树，芳草萋萋鹦鹉洲。
日暮乡关何处是？烟波江上使人愁。

崔颢，出生于隋唐士族豪门“博陵崔氏”，是一位有文化的富家子弟，虽做过小官，但仕途并不如意，所以大半生寄情天下，常年在外旅行，故而有了《黄鹤楼》一诗。黄鹤楼，江南三大名楼之一，位于湖北武汉蛇山之巅，修建于三国孙权时期，当时只是一座军事瞭望楼。

南北朝的《述异记》记载，有个叫荀环的隐士（一说三国费祎），曾目睹一位乘着仙鹤的神仙降临，故而此楼得名“黄鹤楼”。“黄鹤楼”的名字还有另一种起源，相传此地有一家辛氏酒馆，酒馆中常有一位衣着破烂的道士免费吃喝，掌柜辛氏对其有求必应。道士为了感谢辛氏，在酒馆墙上画了一只黄色的仙鹤，每当有客人歌唱时，仙鹤便在墙上翩翩起舞。这般奇景一时传为佳话，酒馆生意火爆。后来道士又来到酒馆，拿出笛子，一曲吹罢，白云自空中而下，仙鹤腾云而上，转眼消失。辛氏将这些年所赚之钱盖了一座黄鹤楼来纪念此事。当然“黄鹤楼”的真实来历经过很多学者考证，是因为其建筑在“黄鹄山”，“鹄”与“鹤”发音相近，所以民间取了一个谐音，故而有了“黄鹤楼”。黄鹤楼因其神奇的历史和独特的地理位置，诸多学子在此留下诗篇和文章，据统计达400余首（篇），其中为何崔颢的诗居首？

崔颢诗的开篇就与众不同。“昔人已乘黄鹤去，此地空余黄鹤楼。黄鹤一去不复返，白云千载空悠悠。”前三句中连用三个“黄鹤”，你可知道，这是一首律诗，这样的写法并不符合格律。根据唐代的《国秀集》《河岳英灵集》以及宋代的《文苑英华》，敦煌出土的唐诗记载，本诗的第一句应是“昔人已乘白云去”，宋代之后，一些版本才在白云的旁边加了“一作黄鹤”几个字。清代才子金圣叹发出灵魂三问：如果昔人乘的是白云，跟黄鹤楼有甚关系？白云多了去，哪有千载悠悠的白云？第一句若是“白云”，就会形成前四句为白云—黄鹤—白云—黄鹤，显得太死板。正因三句中都有“黄鹤”，才有浩荡之意。况且前几句写的是神仙的事情，神仙之事可以不必遵守凡间格律。当然，对金圣叹这个改动，历来学者们褒贬不一。

后面四句“晴川历历汉阳树，芳草萋萋鹦鹉洲。日暮乡关何处是？烟波江上使人愁。”“晴川”

表示晴日下的汉江，“汉阳”即今天武汉市汉阳区。“鹦鹉洲”，长江一处江心洲，东汉末年，江夏太守黄祖之子黄射带众人在此打猎宴饮，有人赠送名贵鹦鹉，才子祢衡以鹦鹉为题，写成《鹦鹉赋》，后来祢衡被黄祖所杀，葬于江心洲，后人称之为“鹦鹉洲”。诗人从黄鹤的传说转移到眼前的汉阳树、鹦鹉洲实景描写，波澜起伏，又由实景的日暮乡关转到最后以“愁”字结尾。日暮时分，鸟儿归巢，客船返航，而游子仍漂泊他乡，“愁”是一种和烟波一样虚幻且渺茫的情绪，与开篇虚幻的传说正好对应。当然，还有版本写作“烟花江上使人愁”。这首诗前四句借楼之名，感慨黄鹤不返，亦是千载时光不返；后四句景物如画，不露雕琢痕迹，日落不还亦是游子不还。一气呵成，妙到毫巅。

这首诗也引来不少粉丝为其点赞，李白的《鹦鹉洲》：“鹦鹉来过吴江水，江上洲传鹦鹉名。鹦鹉西飞陇山去，芳洲之树何青青。”有没有一种感觉，这是在模仿崔颢。另一首《登金陵凤凰台》的最后两句“总为浮云能蔽日，长安不见使人愁”，和崔颢的这首诗最后两句，不能说一模一样，却也相差无几。南宋严羽曾言，唐人所有七律，以崔颢

《黄鹤楼》为第一！清代吴昌祺这样点评：“不古不律，亦古亦律，千秋绝唱，何独李唐？”清朝嘉庆年间的江夏县令曾衍东曾写道：“楼未起时先有鹤，笔从搁后更无诗！”

曾有人做过一项调查，统计历代唐诗入选课本的次数，名家点评的流量，《黄鹤楼》综合数据位列第一。

江南春

历史上第一位遁入空门的皇帝是谁？

中国古代文明以黄河流域以及长江以北为“内”，长江以南为“外”，“外”就是“表”，所以长江以南叫作“江表”。因为长江在下游有个不规则的南北流向，根据古人左东右西的方位顺序，江表的东南方又称“江左”“江东”，电视剧《琅琊榜》中的江左梅郎，江左指的就是这个地方。西边叫作“江右”“江西”。

从三国孙权开始到隋唐两朝，江东经济快速发展，唐朝在江东设置江南东道，后世才把这里叫作“江南”。狭义的江南大致包括今浙江北部、江苏南部及上海地区。杜牧的《江南春》正是写这里的美景。

江南春

［唐］杜牧

千里莺啼绿映红，水村山郭酒旗风。
南朝四百八十寺，多少楼台烟雨中。

每个文人心中都有一个江南梦，清明雨、乌篷船、油纸伞、青石板，当然还有穿着旗袍的女子，小而精致。似乎具象的事物便是我们对江南的印象，但杜牧一反常态，用“千里莺啼”来开篇，视野开阔，然后“绿映红”又微缩到红花绿叶。一句诗先从空间上由远及近，又从“莺啼”的声音转入植物的颜色，绿叶和红花之间一个“映”字，极尽视觉之美。

第二句“水村山郭酒旗风”，如果说前一句是自然景物，那么这一句就是人文景观，山郭就是依山而建的城郭。这句诗很牛，水村、山郭、酒旗相对来说都是静态的，而最后一个“风”字，不仅让酒店门口的旗帜飘扬起来，还让这一句诗跟着起飞，一个字堪称妙手！

第三句“南朝四百八十寺”，“南朝”指的是历史上南北朝时期的宋、齐、梁、陈四个偏安的国家，他们的都城都在南京，当时的南京叫“建康”。也是从南北朝开始，佛教在中国盛行，南北朝多位帝王痴迷佛教，比如南梁武帝萧衍，这是中国历史上第一个大规模推行佛教的君主。萧衍痴迷佛教到什么程度？皇帝不当了，三次遁入空门，群臣汇报工作都找不到领导，只能去寺庙里贿赂住持，把皇帝赎出来。当时南京城各大寺庙建筑极尽华丽，僧尼十来万人。从萧衍开始，规定佛教徒不近女色，不吃荤腥。

第四句“多少楼台烟雨中”，“楼台”仍然表示“佛寺”，佛寺笼罩在烟雨中。杜牧生活在晚唐，当时多位皇帝仍然信佛，不仅大兴土木，更是迎奉佛骨，百姓负担加重，国家深陷危机。这首诗由春景到最后笼罩在烟雨之中，借古讽今，诗的意境又升了一个层次。也有人说杜牧就是单纯写景，不要过度解释。见仁见智吧！

我第一次接触《江南春》，是小时候看琼瑶剧，歌词这样唱道："情深深雨濛濛，多少楼台烟雨中。"欸？我为什么能发语音？来，大家接下去，"记得当初你侬我侬，车如流水马如龙（这句是李煜写的）"。琼瑶阿姨真是一位好裁缝！

终南别业

隐居诗人每天都在干什么？

安史之乱，长安陷落，一大批唐朝的官员被俘，其中就包括名气很大的王维。叛军强行要求这些官员继续做官，王维不想为他们服务，他满地打滚、装傻都无济于事，只能拿着叛军的俸禄，老老实实做个打工人。不成想，一年后唐军打回来了，长安光复，王维这样的官员就尴尬了，将面临杀头的危险。还好王维的弟弟宰相王缙平叛有大功，他愿意用所有赏赐和职务保释兄长，王维才获得降职处理。两世为人的王维后来辞掉所有官职，在西安市蓝田县隐居，写下大量的诗篇，其中就包括这首《终南别业》。

终南别业

[唐] 王维

中岁颇好道，晚家南山陲。
兴来每独往，胜事空自知。
行到水穷处，坐看云起时。
偶然值林叟，谈笑无还期。

诗的前两句“中岁颇好道，晚家南山陲”。“中岁”就是中年，“道”指的是佛教，为什么用“道”表示佛教，这一点我也没想明白。“晚”表示晚年，中年时作者就喜爱佛学，厌倦俗世的纷扰，所以晚年将住所搬到蓝田的终南山脚下。终南山在古代一直是隐士青睐的隐居之处。

王维每天隐居都在干什么？“兴来每独往，胜事空自知。”有兴致的时候，就一个人独自欣赏终南山的胜景，景色中的韵味只有自己知道。

“行到水穷处，坐看云起时。”人在山中行走，已到了溪水的尽头，似乎再难继续前行，索性席地而坐，你看那天上的白云聚了又散，散了又聚，人生离合，亦是如此。流水和白云看似有形，实则无形，地上的水蒸发聚集成天上的云，天上的云聚集又把雨水降到人间，周而复始，“水穷处”便是“云起时”，“云起时”亦是“水穷处”。这句极具禅意的诗，非独处不可得，在这个越来越珍惜孤独的时代，本人和王维一样，早已厌倦了与太多庸俗的灵魂浪费时间、觥筹交错，所以退休后打算去报个手语班。

“偶然值林叟，谈笑无还期。”王维在山中偶然遇见一个乡村老头，两人之间不谈佛学，不聊诗词，听老头讲陈年旧事、市井百态，让王维抚掌而笑，恰似这山间草木对光阴的钟情。生活中大家习惯了量产的虚伪，所以对笨拙的真诚格外珍惜。王维被老头吸引，谈笑之间竟然忘了回家。

王维，字摩诘，名字来源于佛典《维摩诘经》。维摩诘是早期佛教居士，意思是很纯净、没有污染的人。王维在晚年吃斋念佛，红尘里的过往不过是起落浮沉数年的时光，正如溪水和白云，小溪汇入大河了无踪迹，白云去了又来，天空一直都在。我一边深有感触，一边嘴角带笑地写完这篇文稿，竟然忘记了下班，也挺好，距离退休报手语班又近了一天！

纸短情长

真正让你醍醐灌顶的只能是，有和诗句一样的一段经历。

秋思

背井离乡是诗人的宿命

西晋文学家张翰曾在洛阳做官，当时朝政不稳，又逢八王之乱，张翰眼见烽烟四起。又是一年秋风起，张翰向晋惠帝提出辞职，离职的原因是“秋风起，我想家了，所以我要走”。工资都没结，明日遂行，回到江苏。五百年后，唐代诗人张籍同样在洛阳，也用秋风起笔，一首《秋思》流传后世。

秋思

［唐］张籍

洛阳城里见秋风，欲作家书意万重。
复恐匆匆说不尽，行人临发又开封。

张籍和张翰都是江南人士，当时张籍正客居洛阳，唐朝的洛阳贵为东都，居“天下正中”，繁华无比。当然，城市就是百十万人一起孤独生活的地方，城市越大，人越孤独；人越孤独，就越想家。尤其是秋季，一夜透雨，寒意袭人，所以才叫《秋思》。诗的第一句“洛阳城里见秋风”，初见觉得有问题，“秋风”无形无色，怎么能看见呢？这里诗人用一个“见”字，给读者留白。诗人看见的是因秋风而万物萧瑟，一群大雁往南飞，一会儿排成个“人”字，一会儿排成个“一”字，兜兜转转的叶子为大地增添了衣物。

如果说怀才不遇是诗人创作的灵感，那么背井离乡就是诗人最终的宿命。第二句“欲作家书意万重”，最好排解思恋的方式是什么？有次我在活动现场问到这个问题，下面有人回答：“断绝父子关系！”我一时错愕，只能说，大部分人排解思念的方式是书信（当然不排除还有部分人遁入空门、斩断爱恨、拉黑亲戚），心中思绪翻涌想写封家书，写什么呢？意万重！就是有万种情感。写过信的都知道，真要拿起笔，所写无非是：问家人可好，说自己很好！所以不要向父母抱怨生活、工作的失意，他们帮不了你，还会让他们睡不着觉。我常年漂泊异地，父母给我打电话总是灵魂三问：“吃饭了吗？几点吃的？吃得好不好？”这是对亲人最纯洁、最直白的关心，我的父母不可能问出多么高深的问题，他们只关心孩子的身体健康，其他不重要。当然如果回答：“吃了，吃得很好。”那么吃饱后的烦恼就来了，父母会问：“有女朋友吗？什么时候买房？什么时候结婚？”

“复恐匆匆说不尽，行人临发又开封。”年轻时我们写文章喜欢用很多华美的词汇来表达一段情绪，其实平凡生活中一个简单的举动就能让人刻骨铭心。古代信息不发达，一封书信的邮寄时间很长，所以诗人写信的时候一定是花了不少时间，写了厚厚一叠。即使这样，要去投递的时候，还是免不了再次打开书信，看看哪些话没有说完，补充几句，再用唾沫封好。这两句与岑参的“马上相逢无纸笔，凭君传语报平安”有异曲同工之妙。生活中让人感动的从来不是走心的文案，而是一些很写实的温暖场面！而寄书信的邮差也有话说：“已经定稿了，还要改，一直改，你真的是甲方！”

《碛砂唐诗》里曾这样评价这首诗：“古人一倍

笔墨便写出十倍精彩，只此结句类是也。”北宋王安石也赞叹：“看似寻常最奇崛，成如容易却艰辛。”对于游子来说，秋风长了锋利的獠牙，把人咬得生疼，只能取一钱秋思，二两孤独，一片月光夹在唐诗里，扁扁的，像压过的乡愁，深夜服用。

多年前我有个洛阳的女朋友，但她从未给我写过信，我在长安，亦不曾联系她。

回乡偶书

浙江省第一位状元回家记

公元 744 年，在长安城东的灞河边，一位叫贺知章的退休、返聘又退休的官员，一手拿着皇帝亲笔所写的诗文，一手拿着自己的退休证明和众人挥手道别，送别的人都是当朝高官，领头的是太子李亨。贺知章为何会享受这样的待遇？

贺知章在三十来岁高中状元，虽然在浩如烟海的科举史上仅占一席之地，但这是浙江省有史记载的第一位状元。你能想象的是，家乡必然是锣鼓喧天，鞭炮雷鸣。当地官员赶紧向上级汇报自己在教育上的成绩；地方营销号也会大肆宣传“学霸贺知章，只因父母做对了这样一件事”，然后下载 APP 观看全文。

贺知章从国子四门博士（唐代最高学府的基层干部）做到了秘书监（国家图书馆馆长），同时还是太子的老师，人称“贺监”。贺知章的工作让很多人羡慕，职位很高，上班清闲，带有编制，活儿不多，每天的工作只是听下属汇报工作、向朝廷要钱做文化项目，喝酒、看书、写诗，偶尔还整个团出道。他和李白、张旭等人搞了个大唐酒场“饮中八仙”，他和陈子昂、王维等人又组成“仙宗十友”，和张若虚等并称“吴中四士”。工作一直干到八十多岁，拿着体检报告对唐玄宗说，年纪实在大了，想落叶归根，这才被恩准回乡。

当年科举时，整个家乡为自己庆贺；如今归乡时，整个朝堂为自己送行，唐代诗人中的人生赢家非贺知章莫属。贺知章在长安工作、生活了五十多年，如今即将回到故乡，再繁华的都市灯火，都比不上家的那一盏油灯。那是他日日夜夜思念的地方，那是他祖祖辈辈生活的地方，于是有了两首《回乡偶书》，我们选取其一。

回乡偶书（其一）

［唐］贺知章

少小离家老大回，乡音无改鬓毛衰。

儿童相见不相识，笑问客从何处来。

“少小离家老大回，乡音无改鬓毛衰。”年少时离开家，年老了才回来，我满口的乡音没有改变，但是鬓角的头发已经少了很多啦。“衰”这个字，很多图书包括教材标注为“shuāi”，“shuāi”表示年纪大，身体差。而如果读“cuī”表示减少，这里诗句的前提是“鬓毛”，那肯定“cuī”是正确的，古诗读音需要借用古汉语字典而不是现代的汉语词典。有人还抬杠，唐代的读音和今天不一样云云，你们难道要把老祖宗挖出来，拍拍他的白骨说：“来，帮我读一句唐诗？”

“儿童相见不相识，笑问客从何处来。”归来的人吹过寒风，伴着激动狂乱的心跳，寻觅着五十年前的印迹。故乡的孩童见了诗人，都不认识，他们笑着问："爷爷，您是从哪里来的呀？"是啊，诗人从哪里来的呢？贺知章在这里为什么要写儿童，而不是成年人，因为回家的意义就是让长大的我们做回小孩。说实话，贺知章的同龄人几乎都不在了，他都八十好几了，唐代人平均寿命才五十多，贺知章五十多年没在故乡待了，七大姑八大姨坟头草都三丈高了。几十年前，年幼的贺知章也如这些孩童一样，和亲人在同一屋檐下，他们读书写字、生火做饭。如今孩童虽然不认识自己，好在回家的路，风尘仆仆，人间烟火，终有归途。

诗歌写到"笑问客从何处来"，就停笔了，没有祭祀亲人，没有拜访街坊，什么都没有，因为回家的时候没有文案，没有诗歌，只有欣喜。

静夜思

谁把李白的诗改了？

唐朝开元初年，一位少年从江油出发，游览蜀地，并在26岁的年纪离开四川，自称大侠，梦想仗剑走天涯，看一看世界的繁华，但只走到扬州，却因病患停下了步伐。公元726年秋，他在旅店中发现一道暗黄色的月光从窗户直入床边，这景致真是动人，暂时停止做侠客，先用三分钟写首诗吧。

静夜思

［唐］李白

床前明月光，疑是地上霜。

举头望明月，低头思故乡。

如果你要问，哪一首唐诗的流传度最高？李白的《静夜思》一定高居榜首！这首诗陪伴着一代又一代孩童启蒙。别看这首诗只有二十个字，浅显易懂，但第一个字“床”是什么意思？解读起来却比诗更热闹。很多人说，床不就是跟炕一样睡觉的地方吗？考虑到古代人的居住环境，能做到每个卧室都有明窗吗？每个明窗都能照进月光吗？人在床上是躺着的，还用举头吗？

有人将“床”解释为“窗”的通假字，既然睡觉的床在里屋，窗边能照到月光吧。但是也有人提出质疑，又不是挑高落地窗，举头怎么看得到月亮？

第二种把“床”解释为水井的栏杆，《古乐府》中有批注：旧以银床为井栏。古代的水井周围都会有一圈木结构的栏杆，以防止有人跌入井中。这种栏杆形似床，故而得名“银床”。这种解释我一直很疑惑，栏杆和床联系在一起很奇怪，仅仅因为像？黄永武先生在《中国诗学》中给出了答案。根据《名义考》记载，“银床”指的是辘轳架，和“车床”一样是一种机械装置，所以“床”字并不是水井的栏杆。唐诗中的“床”如果要表示水井的辘轳架，必须把“井”和“床”放在一起说，比如“露井冻银床”“井上辘轳床”。此诗最关键的是逻辑说不通，如果是在室外，整个院子都会洒满月光，为何诗中单写“床前”呢？床前的月光才是珍贵的“白月光”？

于是就有了第三种解释，“床”表示胡床。简单地说就是从胡人传到汉族的小马扎，可以折叠收起的凳子。目前这种说法暂时没有太大的硬伤。李白《长干行》中“郎骑竹马来，绕床弄青梅”也出现了“床”，也可以解释为“胡床”。

第一个字解释完了，我们还需要知道一件重要的事，就是我们今天读的《静夜思》并非李白原版，而是经过两个人改动过的。宋、元、明三朝的刻本中都记载第一、三句为“床前看月光”“举头望山月”。清朝初年，有一位叫王士禛的学者，倡导诗歌要特别注重“神韵”。什么是神韵？就是意境韵味只可意会的最高境界。说白了就是感觉。比如，吃饭的时候菜咸了，同样的场景，我会说："这菜齁咸，咸的要命！"诗人会说："菜咸了就放一会儿吧，因为时间可以冲淡一切。"这就是我和诗人的区别，就像红豆可以和相思联系，绿豆只能配王八一样。王士禛认为"床前看月光"神韵不足，于是将李白的诗改为"床前明月光"。将"看"字去掉，因为明月光本来就可以看到，不着痕迹，尽显意境，李白听了都要流泪。到了清朝中期，沈德潜编辑《唐诗别裁》时，将修改过的《静夜思》纳入其中，同时代的孙洙编纂《唐诗三百首》时，也选了王士禛的版本，并且自作主张把"举头望山月"改为"举头望明月"，这才是我们今天看到的版本。

很多人说李白写这首诗的时候，太年轻，所以诗太过简单。其实不然，诗中"明月光"是实写，"地上霜"是虚写，但"地上霜"是实物，可以触摸，"明月光"可见但触碰不到，互为虚实。前两句因月光似霜是近景，后两句因望月思乡是远景。二十个字从时间到空间，从画面到情感都包含于内，月亮是隐喻，所有本体都是故乡。

李白一低头，思乡就成了文学中永恒的主题。如果星月可以寄托乡愁，那么诗仙的浪漫也可以抵达。《圣经旧约》里写道：“神说，要有光，于是世界有了光。”李白说：“要有月光，于是诗歌的世界不再有流浪。”

离思

多情的才子还是深情的渣男？

公元 809 年， 31 岁的元稹以监察御史的身份在四川任职， 初入官场的他犹如愤怒的小鸟， 积极主政， 惩治贪官。他的这些举措触动了既得利益者， 他们联合起来弹劾、排挤元稹。失望的元稹此时又收到长安的来信， 得知自己的妻子韦丛病逝。官场失意， 亲人离世， 让元稹悲痛欲绝， 他先后写下了多首悼念亡妻的诗， 其中最为有名的是《离思》（其四）。

离思（其四）

［唐］元稹

曾经沧海难为水， 除却巫山不是云。
取次花丛懒回顾， 半缘修道半缘君。

元稹的祖上是北魏拓跋鲜卑皇族，到他这一代家道中落。元稹幼年丧父，好在他15岁便在长安科举中考中进士。人们常说天才是百分之九十九的勤奋加百分之一的天赋得来的，而恰恰是这百分之一的天赋，秒杀所有勤奋。

公元802年，24岁的元稹进入秘书省（国家藏书机构）担任校书郎，职位不高，但却引起了朝中高官韦夏卿的关注。韦夏卿是长安韦曲人，在唐朝，韦曲位居天下世家大族聚集地前十名，宰相、将军、皇后频出的地方，人言“长安韦杜，去天尺五”。

韦夏卿欣赏元稹，把女儿韦丛嫁给他，不要彩礼，不要求车和房。婚后元稹微薄的俸禄根本不可能在帝都长安生活，妻子韦丛很长一段时间寄居在老丈人家，但她并未有任何怨言。元稹努力从九品的校书郎升为从八品的左拾遗。初入职场的元稹不懂圆滑，不避权贵，又被踢出长安，去往四川。就在四川，他得知妻子病逝的消息，于是有了《离思》（其四）一诗。单论悼亡诗，元稹称第二，应该没人敢排第一！

元稹的这首《离思》（其四）一上来就直接整了千古名句“曾经沧海难为水，除却巫山不是云”。这句相信很多人面对不同的异性都说过，传唱度不亚于唐代任何一个顶级流量诗人的名句。历遍沧海之阔，其他水域不值一看；沉醉过巫山之景，剩下的名胜都是浮云。相传，楚国的先王游历高唐，行走累时，便在一地睡下，梦中偶遇天帝的女儿愿将娇弱之躯为楚王做枕席，临别之时，楚王想留下人家的联系方式，仙女说：“我住在巫山之南，清晨有朝云，夜晚是暮雨。”这便是“巫山云雨”的典故。其实，诗人借“沧海水”和“巫山云”来指代亡妻，除了妻子，纵然是国色天香的女子，都不能入其法眼。

“取次花丛懒回顾，半缘修道半缘君。”人说：“万花丛中过，片叶不沾身。”元稹这两句简直就是：万花丛中过，回头都是错。为什么不回头？一半是潜心修道，心如死灰，一半是为了亡妻韦丛，心中再也容不下任何女子。元稹写诗像发毒誓一样。但是为什么还有很多人骂他是“渣男”呢？

骂元稹的人主要把目光集中在元稹的三段感情经历上。第一段，元稹早年和一个叫崔莺莺的女子相恋，后来攀上韦丛，始乱终弃。这段八卦没有任何官方史料记载，是出自于一千多年后著名学者陈寅恪的考证，考证的依据是元稹曾经写过《莺莺传》，陈寅恪坚持认为《莺莺传》里的张生就是元稹自己。元稹盖了一千多年的棺材板蠢蠢欲动。

元稹的第二段感情是和才女薛涛恋爱。两人相识于公元 809 年 3 月，元稹刚到四川，便邀约薛涛见面。两人的才华自不必多说，吟诗作对，互为知音。相处三个月，元稹又被安排去洛阳工作，两人才依依惜别。此后元稹再也没机会和薛涛一续前缘，薛涛一袭道袍了却余生。

元稹的第三个绯闻女友是在绍兴做刺史时认识的歌女刘采春。刘采春诗文虽比不上薛涛，但容貌却更美，元稹与刘采春谈了七年恋爱，后分手。很多人说元稹始乱终弃，嫌弃薛涛和刘采春的出身低微。其实造成他们没在一起的根本原因是元稹工作地点的变更，异地恋导致这两段感情无疾而终。除了有记载的两位绯闻女友外，元稹在韦丛死后，续弦河东郡的裴氏，算是正式的妻子。

关于元稹是渣男的问题，我们可以这样考虑，历史上汉武帝、唐太宗、曹操、李白这些人在私德上都不算完美，但并不妨碍我们对他们的喜爱。道德用于律己，好过一切法律；用于律他，坏过一切私心。元稹的情感故事不要用今天的道德标准去评判，元稹在每个地方做官，勤于政事，爱护百姓，官声极好。元稹和白居易提倡“新乐府运动”，其诗文影响深远，这是实实在在的历史贡献，远比八卦更真实。

幼年丧父，中年丧妻，命运对于元稹略显刻薄，至少元稹在写《离思》这组诗的时候，十分真诚。回想那年春天，万花齐放，夫妇相依赏春，元稹无所赠，摘下一枝梨花送与韦丛。如今山河仍在，故人已逝，他捡起断枝，心似春水，不复流转，那一刻，春是极美的，花也是极好的，只是看花的人，如今却少了一个。

无题

情诗之王！

东汉末年，袁熙被曹操打败，袁熙之妻甄宓（fú）美艳绝伦，同时被曹操的两个儿子曹丕和曹植相中。曹氏家族“爱人妻”这个癖好真是基因里带的，甄氏最终被许配给曹丕。曹丕称帝后，甄宓因谗言被杀，曹丕将她的遗物玉带金镂枕送给曹植。曹植途经洛水时，在枕头上梦见甄宓，梦中甄宓仰慕曹植的才华，化为洛水女神以身相许。曹植醒来写成一篇《洛神赋》，600年后，李商隐用一首《无题》，再一次将这段传奇故事提起。

无 题

[唐] 李商隐

飒飒东风细雨来，芙蓉塘外有轻雷。
金蟾啮锁烧香入，玉虎牵丝汲井回。
贾氏窥帘韩掾(yuàn)少，宓妃留枕魏王才。
春心莫共花争发，一寸相思一寸灰。

这首诗写一位深锁幽闺的女子追求爱情，最后幻灭的绝望之情。开篇是环境描写，“飒飒东风细雨来，芙蓉塘外有轻雷。”“飒飒”表示风吹动树叶而发出的声音，唐诗中的“东风”一般表示春天，“芙蓉”就是荷花的雅称，“芙蓉塘”表示男女幽会的地方，参考电视剧《甄嬛传》，果郡王和甄嬛在一大片芙蓉塘中驾着小舟徜徉其中的场景，非常有意境，古人还是会玩。这两句话的大意是：春天到了，万物复苏，又到了动物……不对，应该是春天到了，东风飒飒，细雨飘洒，空中的雷惊动了芙蓉塘。清代学者纪晓岚曾这样评价这两句：“起二句妙有远神，可以意会。”我们学习一下李商隐描写环境的手法，既有实景，又包含爱情的暗喻，且整个画面呈现出朦胧之美。

“金蟾啮锁烧香人”，“金蟾啮锁”表示镀金或纯金的香炉，香炉的形状做成三条腿的蟾蜍。因为蟾蜍体型富态，繁殖能力极强，一般作为吉祥美好、多子多福的寓意。在香炉的鼻子处，有一把小锁，打开可放入香料。在这里作者隐晦地借香炉表示爱而不得，因为人言：三条腿的蛤蟆不好找，两条腿的男人有的是。但现实是：两条腿的男人没有，三条腿的金蛤蟆就在眼前。“玉虎牵丝汲井回”，“玉虎”表示用玉石做成老虎状的辘轳。辘轳是啥？是利用轮轴原理制成的一种起重工具，通常安在井上汲水。上句中的“香”和下句中的“丝”连起来“香丝”，不是鱼香肉丝，而是谐音“相思”！李商隐玩谐音梗还是很高级的。古代没有师傅挨家挨户送纯净水，人们只能在家打井取水，这本是一个体力活儿，没有男人，只能自己干。但现在屋里香炉锁着，女子也懒得去点，因为焚香这种雅事，一个人就没有意义，就如同今天的女孩一样，如果不是外出找闺蜜或见心上人，化妆干嘛，耗时耗力。上句中用一个“啮”字，把“金蟾”和“香”紧密联系在一起，下句中“玉虎”和“井”用“丝”缠绕在一起，他们都在向诗中的女主“撒狗粮”。

“贾氏窥帘韩掾少”，这里有个典故，西晋时期，有一个叫韩寿的人，是流量小生，长相俊美，玉树临风。当时的国丈贾充授予韩寿司空掾，“掾”是辅佐之意。贾充在家宴请宾客时，韩寿也在其中。贾充的小女儿贾午为了一睹韩寿容颜，在内堂撩开帘子暗中察看，嘴角上扬，心生爱慕，便让婢女主动联系对方。随后多次邀约韩寿，趁夜间在家中幽会。贾午是“恋爱脑”，把一种稀有的西域奇香送给韩寿。两人恋爱本来不为人知，但这种西域奇香本是皇帝赏赐给贾充的物品，香味儿很大，贾充和韩寿办公时，满屋香气，贾充顿时察觉。一经调查，发现女儿的私情，无奈之下，只能将她许配给韩寿为妻。“宓妃留枕魏王才”第一段我们已经讲过，甄宓因为曹植的才华才愿意托曹丕留枕。

韩寿和曹植的故事，女子或爱恋年轻的容颜，或仰慕绝世的才华，但两位女子不拘礼教，或悖逆老父，或无视老公，有着年轻人当有的奔放。我个人为什么喜欢这首诗？因为年轻的时候，我好几次给女孩讲唐诗，当我抛出自己的考证和见解时，总能真切感受到女孩眼中默默的情意与痴痴的崇拜。对于男孩来说，成就感在那一刻爆棚，甚至还有女孩发出“哇”的声音。

两段典故讲完后，李商隐笔锋急转，“春心莫共花争发，一寸相思一寸灰”。对于美好爱情的期盼切莫和春天的繁花竞相开放，因为春光短暂，这些娇艳的时光和那寸寸的相思，终究会散落一地，成为灰烬。抽象的相思与具象的春花都是一瞬的美丽，但年年皆有春色，意味着年年皆有相思，诗中的女主看来单身了好多年。

“无题”诗，通常是作者不想或者不方便直接用题目来表示全诗的意思，正因为如此，造成了这类诗极为隐晦，也正因“无题”，给读者无限留白。这首《无题》包含了单身时的所有情愫，情诗与情歌为什么一直是流行的主旋律，我认为人生最失意的事，莫过于失去了最爱的人，其实更失意的是，因为爱得太过汹涌，而失去了自己。诗中“一寸相思一寸灰”何尝不是我们每一个此刻正在相思的人呢？

我们都爱李商隐！

月下独酌

李白奇奇怪怪的酒友

李白现存诗歌千首，关于喝酒的内容占了五分之一，他是名副其实的“酒蒙子”。所谓“喝酒喝到醉，荣华又富贵”，李白的酒友上至达官贵人，下到山林隐士，人数众多，喝酒的方式也五花八门，如果没有酒友陪他喝酒该当如何？答案是《月下独酌》。

月下独酌

［唐］李白

花间一壶酒，独酌无相亲。
举杯邀明月，对影成三人。
月既不解饮，影徒随我身。

暂伴月将影，行乐须及春。
我歌月徘徊，我舞影零乱。
醒时同交欢，醉后各分散。
（同交欢 一作：相交欢）
永结无情游，相期邈云汉。

这首诗写于公元744年。李白因为醉酒上班，且让老板的秘书高力士给自己脱鞋，加上常常旷工，打卡不积极，被唐玄宗一把撸了官职。江湖规矩，人走茶凉，默契散场。这就是第一句“花间一壶酒，独酌无相亲”，繁花丛中，一壶美酒，自斟自饮，没有亲友。

“举杯邀明月，对影成三人。”举起酒杯，邀请天上的月亮共饮，月亮、李白、李白的影子加起来就成了三个人。这两句传唱度很高，很多人说这是李白信手拈来的神仙句子，李白的文字功底出神入化。这种场面我们在《射雕英雄传》中也看到过，欧阳锋逆转经脉修炼《九阴真经》，终于练成，成为天下第一，打败了东邪、南帝、北丐，还不过瘾，最后和自己的影子打起来了。医学上说这种情况叫“精神分裂症”，患者意识清楚，智能正常，但认知出现障碍。

其实这两句有个典故，南北朝刘宋大将沈庆之战功卓著，位列三公，但他非常低调。晚年他自己在田间做农活儿，他对别人说：“我常常在田间行走，如果遇到熟人，我和人以及马合成三个，没人的时候我和马就两个。”如果你了解沈庆之的生平，你会发现这个人是真随和，李白是假洒脱。

“月既不解饮，影徒随我身。”月亮怎么能理解畅饮的快乐，影子也不能推杯换盏，他想念孟浩然，想念贺知章，这些人能和他真正在一起喝酒，同归于尽的那种。“暂伴月将影，行乐须及春。”暂且以月亮和影子做伴吧，春宵一刻要及时行乐。“我歌月徘徊，我舞影零乱。”这会儿李白已经喝嗨了，他放着音响，给月亮表演，一边吟诗，一边跳舞。

“醒时同交欢，醉后各分散。”趁着现在小脑还没完全麻痹，略有清醒，李白说：“月亮啊，你听哥说，咱哥俩谁跟谁，你肯定希望我快乐，酒精可以作证！我和你分享快乐，一会儿我喝醉了，站不起来了，咱就散场。”“永结无情游，相期邈云汉。”“邈”表示遥远，“云汉”指的是银河。李白继续讲：“今晚咱就定了，我和影子、月亮结下永恒的友谊，下一次，我和影子一起去你家，月亮，别推辞，我知道你家就在银河边，远一点儿没关系，到时候去拜访你啊，不需要大排场，支棱起个小桌，一碟凉菜，有酒就行啦。”

李白十分有趣，职场上的砖是一块不搬，长安城的酒是碗碗都干。仕途、地位、金钱、荣誉、友情这些本就在那里，事物的本身是不变的，变的只是人的感觉。当黑夜来临的时候，谁也留不住白天。要知道，黑夜是每个人的黑夜，但乐观的人却看到了月光。哪里有月光，哪里就有阴影，哪里有阴影，哪里就有站直了的诗人。一壶酒就能排解孤独，只是酒后，站直了的诗人也得趴下，甚至躺着，用板车拉走。

（温馨提示：未成年人请勿饮酒，浅尝亦不可）

夜雨寄北

拿捏时空转换的文字

公元 851 年秋，西川节度使向李商隐发出邀请，希望这位才子能去西川，担任参军的职位。潦倒一生的李商隐接受了这次人事安排，于当年十一月入川，在梓州（今四川绵阳）任职四年。一个秋日的夜晚，他写下《夜雨寄北》一诗。

夜雨寄北

［唐］李商隐

君问归期未有期，巴山夜雨涨秋池。
何当共剪西窗烛，却话巴山夜雨时。

这首诗写给何人，目前有两种猜测，一种猜测为寄给北方的友人，另一种猜测为写给自己的妻子王氏。但从诗中“西窗剪烛”“夜雨却话”等暧昧且情意绵绵的词语来看，这首诗应该是写给妻子。在南宋《万首唐人绝句》中，这首诗的标题叫作《夜雨寄内》，“内”在古代表示内子、妻子的意思。

“君问归期未有期”，第一句想必是之前收到妻子的来信，问他的归期，这里出现了两个“期”，一个是妻子问，一个是诗人答。诗歌中一般避免重复字，但李商隐的这首诗不走寻常路，“期”和“巴山夜雨”出现两次。夫妻分别，来往信件最期盼的事必定是重逢！所以开篇简洁明了，直说重点，妻问：“啥时候回来？”作者答：“归期未定。”

读者朋友们注意，《夜雨寄北》整首诗没有一个生僻字，但却运用了极为高超的时空转换手法。“君问归期”是过去时，“未有期”是现在进行时，由过去到现在，表示诗人与妻子分别已久，相聚遥遥无期。按照现代两口子之间的场景，丈夫接到妻子的电话说暂时回不去的时候，肯定要解释目前他在做什么，应酬还是加班？如果不解释，很可能就真的回不去了。

第二句“巴山夜雨涨秋池”是此刻诗人能看到或者听到的事物，是现在进行时。我从小生活在四川，而四川古时又称为巴蜀之地，巴地的山脉比不了三山五岳，显得小而秀雅，连绵不绝。这连绵不绝的巴山和连绵不绝的夜雨，犹如那连绵不绝的思念，在悲凉萧瑟的秋池中满满溢出来，浓浓黑夜中，看不见溢出来多少，正如我的思念无法丈量。唐代时巴山尚属蛮荒地区，所以才有“巴山楚水凄凉地”的句子，在自然条件艰苦的地方，还能浪漫一把，李商隐的文字撩拨功夫简直不能再好。

“何当共剪西窗烛”，由眼前的思念，笔锋立转，画面立刻到了妻子居住的长安，转为未来的期盼，什么时候才能和你在西窗下共剪烛花？注意，这里是“西窗”，而非“北窗”“南窗”“东窗”。在旧时的院里，正北是客厅，主人正房在正北偏东的位置，东厢房是儿子的房间，西厢房是女儿的房间，这里李商隐应该是回忆刚和妻子恋爱时，两人情投意合，在西厢房中共剪烛花。

“却话巴山夜雨时”是想象未来能在一起，回忆起巴山夜雨的场面。由未来回到现在，未来的美好衬托着当下的思念愁苦，当下的巴山夜雨，又成了未来秉烛夜话的素材，李商隐只用了二十八个字不断拉扯时空，往复交替。

这就完了吗？没有。清代学者冯浩考证，李商隐的这首诗写于公元 848 年，李商隐当时在南方“徘徊江汉，往来巴蜀”，但是冯浩也不是特别肯定，只言有可能。而近代岑仲勉、陈寅恪考证，并肯定地说，这首诗写于公元 851 年秋。如果是这一年，李商隐的妻子王氏在当年夏天已经去世，那么这是一首悼亡诗，是凭空而写，是写给一个永远没有归期的人，写了一段永远不能实现的重逢梦。这个时候，我们才恍然大悟，李商隐诗中虚虚实实，远远近近，竟然是如此苍凉而悲苦。

《夜雨寄北》和李商隐的其他诗不一样，非常朴素的四句话，就像老夫老妻的日常对话，但这其中的意思曲折而隽永。写完这首诗几年后，李商隐郁郁而终。在他最后的日子里无人与他分享巴山夜雨，垂垂老矣的他深夜不寐，只能独剪残烛。跳动的火苗中，似乎他又回到了第一次和妻子剪烛西窗的场景，但场景渐渐模糊，流泪的蜡烛告诉他，这一切已然不能回到从前了。

赠去婢

一首诗决定了一段爱情

唐宪宗年间，才子崔郊的姑母家有位婢女，生得花容月貌，因爱慕崔郊的才华而私订终身。但后来姑母将婢女以高价卖给了朝廷大员于頔，家境贫寒的崔郊伤心不已。在某一年的寒食节，崔郊外出时，偶遇婢女，顿感人生无常，写下一首《赠去婢》。

赠去婢

［唐］崔郊

公子王孙逐后尘，绿珠垂泪滴罗巾。
侯门一入深如海，从此萧郎是路人。

诗的第一句“公子王孙逐后尘”，意思是富贵人家的公子王孙竞相追逐在女孩的后面。这里崔郊形容这位婢女颜值很高，追求者众多，也表示诗人出身低微，女孩、富家子弟和自己三方形成对比。第二句“绿珠垂泪滴罗巾”，“绿珠”是西晋时绝色美女，生于广西，西晋土豪大臣石崇以十斛珍珠换得美人，绿珠成为石崇的侍妾。八王之乱时，赵王司马伦当政，觊觎绿珠美色，派人索要，绿珠跳楼而亡，石崇亦被杀害。这首诗中，“绿珠”指代崔郊姑母家的婢女。这一句的意思是那个被公子王孙追逐的女孩因为不能和崔郊在一起，只得流着眼泪，湿透了罗巾。崔郊在这里还埋下诅咒，因为西晋的绿珠嫁入豪门，最终绿珠和豪门石崇死于非命，你们这些富贵人家，夺妻之恨，不共戴天，石崇就是你们的榜样！不得不说，崔郊这个男人还是很小气的，居然连自己的心上人一起诅咒。

第三、四句“侯门一入深如海，从此萧郎是路人”，这两句是千古名句。心爱的女孩进入深幽如海的侯门，坐在宝马车里哭泣，我自行车链条蹬坏了也没追上，从此我和她就成了陌路之人。很多人说，这两句反映了封建时期因门第悬殊导致的爱情悲剧。

“侯门一入深如海，从此萧郎是路人。”“一入”“从此”两次表现了诗人对爱情的绝望。不过，虽然他姑母将婢女以高价卖给了朝廷大员于頔，但《赠去婢》这首诗在当时红极一时，于頔读罢此诗，也觉得崔郊含而不露、才华横溢，于是便让婢女跟随崔郊而去，成人之美，成为文坛的一段佳话。

酬乐天咏老见示

刘禹锡教你如何开导朋友

公元836年，身处洛阳的白居易迎来了至交好友刘禹锡。此前两人散落天涯，聚少离多，此时，两位64岁的老人经历了一生的仕途辗转后，已垂垂老矣。白居易写诗《咏老》向刘禹锡吐槽：晚年行动不便，以前一口气上五层楼不费劲，现在不行了；以前看书一目十行，现在近视一千度。刘禹锡回赠一首《酬乐天咏老见示》，与知己共勉。

酬乐天咏老见示

[唐] 刘禹锡

人谁不顾老，老去有谁怜。
身瘦带频减，发稀冠自偏。
废书缘惜眼，多灸为随年。

经事还谙事，阅人如阅川。
细思皆幸矣，下此便翛然。
莫道桑榆晚，为霞尚满天。

本诗标题中的“酬”表示作诗酬答之意，“乐天”指白居易。面对朋友对于年老的吐槽，我们总不能对他说：“初来人世兴冲冲，唢呐一吹全剧终。”而是需要开导对方，如何开导是个技术活儿。诗中前两句“人谁不顾老，老去有谁怜”，谁不会考虑衰老？人老了有谁怜惜呢？站在朋友的角度上表示：人人都会老，我和你同岁，我也老了，咱哥俩是一样的啊！

“身瘦带频减，发稀冠自偏。”当一个人伤心时，你劝他最好的办法就是告诉他，你比他还惨。刘禹锡说：“你看看我，一天比一天消瘦，皮带已经用不上了，只能用裤腰带系几圈，勒紧才能保证裤子不掉。你还有一头白发，我这连白发都没啦，秃头锃光瓦亮，帽子戴上去都会打滑，你能比我惨？”

“废书缘惜眼，多灸为随年。”刘禹锡接下来把对白居易吐槽的事具体说了说：“你说你眼睛近视一千度，我呢？我为了保护眼睛书都扔了，每天还坚持做两段眼保健操。既然学海无涯，都到这个年纪了，你还在学海里等着喂鱼吗？你不是腿脚不行吗？我现在用针灸、艾草搭配治疗身体，乐天兄弟，建议你也试试。爬楼的事就别做了，试试轮椅吧。”

“经事还谙事，阅人如阅川。细思皆幸矣，下此便翛然。”前两句与朋友产生共鸣，三、四句拿自己比惨，五、六句分享养老秘诀，到这里刘禹锡转折一下：“乐天同志，我们谈谈晚年的好处吧，就是经历了一辈子的事情，接触了形形色色的人，犹如积水成川。看问题更加深刻，人生也更加透彻。既然年华有限，衰老不可避免，你仔细想想，只要我们能想通生老病死乃人之常态，人生便能自由自在。”“翛然”这里表示自由而畅快的样子。刘禹锡为什么如此豁达？因为他与白居易的人生境遇不一样。

白居易年少成名，29 岁考中进士，从周至县尉平步青云做到翰林学士，因直言进谏被贬江州，任职苏杭。这些地方在唐朝属于经济富庶之地，作为地方大员，白居易当时会在浔阳江听琵琶演奏，也会携带十几名歌妓畅游西湖。他的生活缺少真正触及灵魂的变革。刘禹锡亦是少年天才，21 岁考中进士，意气风发。唐顺宗年间，他参与王叔文、王伾的“永贞革新”，因触动藩镇、宦官两大集团的利益，唐顺宗被迫下台，刘禹锡被贬南方。在湖南生活了十年，后被朝廷召回长安，因写诗讽刺权贵而再次被贬广东五年。后又辗转于重庆、安徽，54 岁调回洛阳。前后 23 年的贬谪时光，且大部分是当时环境恶劣的偏远之地。一年后刘禹锡又回长安，再次写诗，口出狂言，朝廷给了刘禹锡闲职。接下来几年他在陕西、河南、江苏走走停停，直到 64 岁才在洛阳安顿下来。

刘禹锡的一生一直在和权贵做斗争，输了就输了，从来不在意别人的眼光。江湖一碗茶，喝完再挣扎，仕途即地图，四海皆为家。刘禹锡正直、豁达，不把这个世界让给他所鄙视的人。所以，刘禹锡能看透白居易的顾虑，现身说法开导好朋友。

“莫道桑榆晚，为霞尚满天。”这两句是全诗的精华，被称为千古名句。对“桑榆”目前学术界有两种解释：一种解释为“桑”和“榆”两颗星，这种说法缺少实证，不足为信；另一种解释为桑树和榆树，一天之中，太阳逐渐往西，当快垂于地平面时，阳光刚好照在桑树和榆树的顶端。人们说这是夕阳，但这夕阳映出的晚霞，照得漫天绚烂，这不正是我们的晚年吗？李商隐曾说：“夕阳无限好，只是近黄昏。”而刘禹锡却言：“夕阳无限好，黄昏却更好！（本人解读）”

“诗豪”刘禹锡，他这一生，一朝鹏程，余生挥手功名，本就是踏着流星而来，不惧重回深海。苦难是一个诗人最好的老师，心若年轻，灵魂永远不老！“莫道桑榆晚，为霞尚满天”，大爱这句诗！

陇西行

唐朝最好的反战诗！

陇西，陇山以西，黄河以东，河西走廊重地，其范围包括今天甘肃省的天水、定西、临洮等地，自古是兵家必争之地，汉匈之战、武侯北伐均发生在这里。唐朝与吐蕃、吐谷浑等政权在陇西数百年硝烟不断，因此产生了很多边塞诗，其中还有很大一部分是反战题材，就包括陈陶的这首《陇西行》。

陇西行

［唐］陈陶

誓扫匈奴不顾身，五千貂锦丧胡尘。
可怜无定河边骨，犹是春闺梦里人。

晚唐诗人陈陶的资料并不多，《全唐诗》只记载他科举不中，游学长安而后隐居，他在什么背景下写成的这首诗，不得而知。这首诗讲述了一场唐朝的军事行动，我们印象中的唐朝军事巨牛无比，东西突厥、吐谷浑、龟兹、薛延陀等30多个国家均被唐朝所灭，所以诗的第一句“誓扫匈奴不顾身”，展现出唐军奋不顾身，立下誓言定要破敌的雄心壮志。注意这里写的是“匈奴”，并不是历史上的匈奴，而是借匈奴指代唐朝周边的政权。

第二句立刻反转——“五千貂锦丧胡尘”。“貂锦”表示唐军穿着锦衣貂裘，装备是相当牛的，部队是很精锐的，但这支部队不知是战略战术的问题，还是寡不敌众，最终全军覆没！注意，这里是全部战死，没有逃跑，也没人投降，汉唐军人的气象可见一斑！

“可怜无定河边骨”，这一句表现出战争之后的惨烈，冰冷刺骨的无定河边，五千将士的尸体任凭风雨侵蚀，全部成了无人认领的白骨。“犹是春闺梦里人”，这一句作者再把镜头一转，由战场切换到闺房，这些死去的战士们有父母妻儿，夜深人静之时，战士们的妻子丝毫不知前方的状况，她们在闺房中思念良人，梦中几番与郎君相逢，她们相信，丈夫一定会回来！

作者在这里构造了一虚一实两处场景，虚景的美好伴着现实的残酷，梦境的希望抵不过事实的绝望，岂不知“春闺人”已经是“河边骨”，丈夫越是在战场上奋不顾身，妻子的期盼越是凄凉。只此一句，全诗给人以深深的震撼！战争将人的一切期盼化为乌有。国外有句名言：在战争中，政客提供弹药，资本提供食物，穷人提供孩子；当战争结束后，政客们取回剩余的弹药，资本攫取更多的利益，只有穷人在寻找孩子的坟墓。

我老家在四川的一个村子里，童年时期，在老房子的门前有座孤零零的草房子，里面住着一位老太太，我们叫她大婆婆，是我爷爷的大嫂，大婆婆寡居几十年。据说抗日战争时期，新婚不久大爷爷被抓了壮丁，临走时只带着一件单衣，一双草鞋，开往前线，从此杳无音讯。后来凡是有外人到我们村，或是有人到城镇办事，大婆婆总是询问自己丈夫的归期，没人知道下落，后来有人随口说大爷爷去了台湾省，她便喜上眉梢，常常坐在门口，看着通往村口的土路发呆。

战争给普通百姓带来的只能是家破人亡，有的人一生只有在春闺梦里才能享受片刻温暖。我们之所以恐惧战争，是因为我们真实地听到过人类为战争哭泣的声音。

人说百花的深处，住着老情人，缝着绣花鞋，面容安详的老人依旧等着那出征的归人……

后记

小时候，我们都是像读顺口溜一样读唐诗，或是被父母和老师逼着背唐诗，或许当时并不理解诗中的含义。如今，千帆过尽，我对古诗词是由衷的喜爱，每次读起诗来就有一种身临其境之感。

非常荣幸为高大哥的新书《读诗去》写后记，承蒙抬举。高大哥目前已经是小有名气的作家了，出版过《长安处处有故事》系列畅销书。我呢，首先是高大哥的忠实粉丝，通过拜读高大哥的以上著作让我这个新西安人对西安有了更深入的了解，从而更加喜欢西安这座历史悠久、文化厚重的城市了；其次也是一名诗词爱好者，当得知高大哥要出这本书时心情无比愉悦，相信高大哥一定会以自己独特的视角雕琢出一部精品来，我又可以获得一本难得的好书了；最后还是高大哥的朋友，他对我影响至深，在我恣意读写诗词的时候，高大哥给了我极大的赞赏，让我更有动力坚持这份热爱，在此深表感谢！

首次拿到书稿是孩子在家上网课的时候，这就出现了孩子在我旁边上网课，我双手持屏，目不转睛拜读的画面。中途出去办事，走路、坐地铁的途中我都爱不释手地捧读着，深深地被高大哥诙谐幽默的语言所吸引。同时被高大哥深厚的文学功底所折服，也被其感同身受的经历所感动。

本书共收录唐诗50首，分为五个篇章，每篇10首。有堪称五言长城的绝句，有七言绝句的天花板，有立意最高的宫怨诗，还有号称“第一把交椅”的七言律诗……涵盖的诗体丰富多样。李白、杜甫、王维、孟浩然、白居易、韩愈、柳宗元、刘禹锡、李贺、李商隐、高适、杜牧等伟大诗人的名篇佳作，读者大多都耳熟能详，也看过各种版本的解读，但高大哥别具一格的解读，定会“润物细无声”般拨动你的心弦，滋润你的灵魂，让你对唐诗有更广泛的认知和理解。

唐诗的繁荣有诸多因素。国家的统一、经济的繁荣、政治的开明、思想的活跃、君王的提倡和重视、文学本身的发展和演变，以及南北文化的交流……使得唐代成为中国古典诗歌创作的巅峰。

法国大文豪罗曼·罗兰说：“艺术中没有进步的概念，因为不管我们回头看多远，都会发现前人已经达到了完美的境界……”翻开这本书，书中的每一首诗都流传千古，对中国文化的发展有着深远的影响。我个人认为，凡是诗中的天花板、诗中的臻品，无一不是诗人在极度的伤、痛、悲、思、病、喜中凝练而成的。他们经历了乱世中家破人亡的衰败、理想失落的哀伤、怀才不遇的无奈、仕途艰难的荒凉、失去家人的凄凉……同时他们都有满腔家国情怀，他们都有精忠报国的壮志，他们都有远大的抱负和强烈的进取精神，他们还有非凡的浪漫气质，然而他们在这个盛极而衰的时代中时运不济，不是在贬谪的途中，就是在奔赴的途中。让这些文人们在当时世界上最先进、最文明、最强大的国家首府——长安，抒发各自的生不逢时、怀才不遇……就是有了这些磨难经历，有了朝代的不断更迭，有了这些层出不穷的文人，才为中华文化留下了无数的文学瑰宝。

自由词人：知悦

2023 年春

朋友，

如果您在白天读完这本书，

许您一世阳光灿烂；

如果您在晚上合上这本书，

让诗歌帮您关掉月亮。

朋友，

下一册见！